U0782436

中国历代通俗演义故事·农闲读本

彭公案

原著　贪梦道人
编著　张俊卿
插图　姚博峰

吉林出版集团股份有限公司

图书在版编目(CIP)数据

彭公案 / 张俊卿改编. —长春：吉林出版集团股份有
限公司，2008. 11(2023.8 重印)

(中国历代通俗演义故事：农闲读本)

ISBN 978-7-80762-935-1

Ⅰ. 彭… Ⅱ. 张… Ⅲ. 侠义小说—中国—清代—缩
写本 Ⅳ. I242.4

中国版本图书馆 CIP 数据核字(2008)第 165847 号

PENGGONG AN

书 名	彭 公 案	
出版策划	崔文辉	
责任编辑	徐巧智	
出 版	吉林出版集团股份有限公司	
	(长春市福址大路 5788 号，邮政编码：130118)	
发 行	吉林出版集团译文图书经营有限公司	
	(http://shop34896900.taobao.com)	
制 作	猫头鹰工作室	
电 话	总编办 0431-81629909 营销部 0431-81629880	
印 刷	三河市金兆印刷装订有限公司	
开 本	889×1194 毫米 1/32	
印 张	6.75	
字 数	104 千字	
版 次	2008 年 11 月第 1 版	
印 次	2023 年 8 月第 2 次印刷	
标准书号	ISBN 978-7-80762-935-1	
定 价	38.00 元	

(如有印装质量问题请与出版社调换。联系电话：18533602666)

前　言

　　《彭公案》是一部晚清白话章回体小说,成书时间大约在清光绪十八年(1892)左右,作者为贪梦道人,原名杨挹殿,福建人氏。

　　《彭公案》是与《施公案》《七侠五义》等书齐名的不可多得的一部侠义公案小说。书中的主人公彭朋,原型为清康熙年间的名臣彭鹏,字奋斯,又字古愚,号九峰,生于明末崇祯八年(1635),卒于清代康熙四十三年(1704)。彭鹏是福建莆田人,举人出身,最初从三河县知县做起,因屡有政绩,后升至吏部尚书,文华殿大学士。由于他在任之时,为官清廉,执政为民,深受百姓爱戴与拥护。因此,关于彭公善于断案、除暴安良的故事,在民间一直是口耳相传。在彭公去世后,那些擅长笔墨的家乡文人,在不同版本的民间故事的基础上,加以虚构渲染,写成了这部长篇巨制——《彭公案》。

　　本书所叙述的故事,正是从彭公初任三河知县说起,他遭到地头蛇的刁难,蒙好汉李七侯相救而得以脱身,自此彭公便与这些江湖豪侠结下了不解之缘。然后,又通过审理两件大案,而在当地百姓中树立了断案如神的威信。但是,彭公在除暴安良为百姓主持正义时,无形中损害了那些恶霸的利益,他们通过各种手段来和彭公作对,以达到铲除彭公的目的。在这个过程中,彭公也是和他们斗智斗勇,几次身陷险境,而又化险为夷,并将这些危害一方的恶霸、匪贼剿灭干净,替百姓伸张了正义。最后,因为政绩卓著,荣升为吏部尚书,文华殿大学士。这正应了那句诗:"天若有情天亦老,人间正道是沧桑。"

俗话说:一个好汉三个帮。彭公的成功和那些豪侠的帮助是密不可分的,正是彭公将他们从草莽变成了英雄,同时他们也为了报答彭公的知遇之恩,为彭公出生入死在所不惜。书中收录了李七侯、欧阳德、黄三太、黄天霸(黄三太之子)、石铸、胜官保、马玉龙等一批侠客行侠仗义的事迹,他们协助彭公,演出了诸如"三盗九龙杯"、"剿匪紫金山"、"血战清水滩"等一系列悬念迭出、惊心动魄的故事。

由于《彭公案》原著经过多人的编著,故在同类小说中文笔较为粗糙。为了便于阅读,本书在吸收原书精彩故事的基础上,对相关的情节进行了润色和充实,使得故事的人物形象更丰满,人物个性更鲜明,情节更曲折,大大增强了故事的可读性。

最后,希望本书能为丰富广大读者的业余生活和提高其文化修养,做出些许努力。

编　者

目录

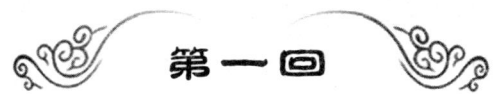

第一回

彭公初任三河县
龙游浅滩遭虾戏

话说康熙皇帝登基以来,普天下万民安乐,五谷丰登,一派太平景象。在当时的京城北京崇文门东单牌楼头条胡同,住着一位进士,姓彭名朋,字友仁,是满洲镶红旗人。娶妻马氏,十分贤惠。

这一天清早,家人彭安忽然笑着跑进来,说:"恭喜老爷,贺喜老爷。当今皇上见国泰民安,提拔天下名士。特授老爷三河县知县。"过了一会儿,彭公赏了他二两纹银,然后去拜老师、请同年、会朋友,忙了好几天,才把庆祝的事情忙完。接着,他把家里的事情托给彭安,安顿好家中老小,带上家丁彭兴往三河县赴任去了。

第二天中午,主仆二人来到张家湾。就听到村里锣鼓喧天,人声鼎沸,十分热闹。一打听,才知道今天是张家湾里江寺娘娘庙大会。他两人走到里江寺村口一瞧:赶庙的买卖不少,各样玩意儿都有。跑马戏的、变戏法的、唱大书的,三教九流的人俱全。

正往前走,见路边有一个茶馆,是席搭的,棚内有六七张八仙桌儿,坐着吃茶的人有二十多位,都是逛庙会的人,老少不等。彭公口渴，进了茶馆儿落座，要了一壶茶。主仆二人歇着吃茶，听那边一位喝茶的人说："今天戏可好，就是不能听，人太多。"又有一位老人说："这里江寺可是千百年的香火，就是今年要闹出乱子来。李家庄的李八太爷带着一帮人在这里逛庙。李八侯本来就不是个好人，再带着他手下那些匪人，闹得更凶。什么伤天害理的事情干不出来？"又有一个人说："他家两兄弟本事通天，前任三河县的老爷，不就是被李八侯给害的吗？"

话音没落，旁边一年轻人插话道："李八侯他胞兄李七侯倒是个好人啦，在这个世界上，恐怕只有这个人可以管得了他了，你说这都是出自同一娘胎的，差别怎么那么大呢？"老汉忙劝他说："贤弟少说这些是非，常言说得好：'无益言语休开口，不关己事少当头。自求各扫门前雪，莫管他人瓦上霜。'庙上的有心人多，你想我这话说得是不是？"彭公主仆二人正听到得意之时，那年轻人被老丈说了两句，就不说了。

彭公给了茶钱，主仆二人出了茶馆。对面来了一伙人，走在前头的那个身高九尺，膀大腰圆，身穿一件蓝色的长绸衫，手上拿着一把折扇，浓眉大眼，四方口，怪肉横生，面带凶相。彭公主仆二人随在背后，见对面来了一个青春少妇，约二十余岁。乌黑的头发上斜插一枝海棠花，耳坠金环，面如桃花，柳眉杏眼，皓齿朱唇。身穿一件雪青色的褂儿，上面镶着各色的条子，淡青纱的衬衣，粉红色的中衣。金莲瘦小，穿着红缎子花鞋，上面绣着蝴蝶儿，挑梁四季花。手拉着一个八九岁小孩子，梳着歪辫儿，圆脸膛，手拿小团扇，笑嘻嘻地跟着那妇人。

那一伙人见妇人长得这样风流,你拥我挤往前凑。那妇人说:"别挤啦,撞着人。"那穿蓝纱长衫的汉子,带着一群恶棍,故意向前拥挤那妇人。那妇人也不注意自己,故意娇气地说话。刚走来的那汉子听那妇人说别挤她,就说:"怕挤,在家内别上庙来,这里人多得很,又如何能不挤呢!"彭公一听,在后面说:"人也要自尊自贵,谁家没有少妇长女,做事要存天理,出言要顺人心。"那汉子一听,说:"那妇人是你什么人?"彭公说:"我并不认识这个妇人,我只是劝你不要挤。"

"胡说!我李八侯谁不认识,大爷不用你说,来人,给我把他捆上,带回庄中发落!"一伙恶棍一哄而上,把彭公绑到李家庄去了。

彭兴一听是李八侯,吓得两腿都软了,只好蹲在路边等信儿。

李八侯把彭公吊在马棚里,自己坐在这边椅子上面,前面放一张八仙桌儿,众家人两旁站立。孔亮手握一根藤条说:"你快说实话,免得皮肉受苦。"彭公只说自己姓豆名叫十三,号双月,是做买卖的。李八侯等人哪里相信。手下有个叫胎里坏的人头脑机灵,走到李八侯跟前说:"老爷,你看这'豆'字再加上个'十'字头,右边加上三撇,不正是'彭'吗?'双月'就是两个"月"字,加起来正好是个'朋'字。最近听说新来的知县大老爷不就是叫彭朋吗?他不会给我们来个微服私访吧?"李八侯一听这话,从头到脚都凉了。要知道,殴打朝廷命官是要坐牢的呀,搞不好还要被杀头呢。"这下糟了,这该怎么办呢?"李八侯急得脸都灰了。胎里坏阴笑着说："我有个主意，不知道八爷你敢不敢。"李八侯道："快说！""咱们干脆一不做二不休，把他宰了算了。"李八侯一听，吓得浑身颤抖，胆战心惊，心里说："这个乱儿可不小啦！他是现任的知县，本处父母官，杀官如同造反，要被满门抄斩的。可是话又说回来，我已经把他绑上了，擒虎容易放虎难，我倒是没有主意了。"

李八侯本是一个没有主意的人，听完胎里坏的话，仗着李家势力很大，又借着酒兴，于是壮着胆子说："好吧，这事一定要保密，千万不要让我兄长李七侯知道了啊。"胎里坏一听，回答说："老爷放心，我这就去办，弄他个神不知鬼不觉。"谁知道他正要动手的时候，忽然听到外面有人说："且慢，家人来也！"李八侯回头一瞧，是门房内的家人李忠慌忙来说："回禀庄主爷，大老爷来访，就在门外，不知见不见？"李八侯一听，心中说："我哥哥迟不来早不来，来得真是时候啊！莫非他知道了我的所作所为？"

这李八侯的哥哥李七侯为什么正好此时到来？这其中是有原因的。只因彭兴在村外等候老爷，见红日快落山了还不见老爷出来，知道大事不好了。于是赶忙往县衙赶，谁知半道上碰着一个汉子，骑着高头大马，长得和李八侯十分相像。这个彭兴也是十分聪明，自从在茶馆里听大家议论说李七侯是李八侯的胞兄，而且降得住李八侯，他就记在心里了。本来十分着急地在赶路，一看到李七侯，他连忙迎上去，说明了事情的原委。

这李七侯果然是一条好汉，一听这话，大叫一声不好，快马加鞭往李家庄赶去了。李七侯此去是祸是福，且看下回分解。

一群恶棍把彭大人绑走

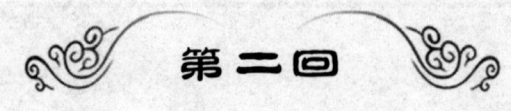

第二回
彭公遇救出龙潭
赏罚分明收好汉

话说李八侯正要动手，一听哥哥李七侯来了，急忙吩咐胎里坏等人将彭公藏到马棚里去。可怜一个堂堂朝廷命官竟然被恶人七手八脚推进马棚里去了。真是龙游浅滩遭虾戏，虎落平阳被犬欺啊。

李忠领着李七侯来到前厅，一见李七侯满脸怒气，李八侯就猜到了八分，连忙迎上来给李七侯倒茶。"不知哥哥驾到，有失远迎！"李七侯突然将茶杯摔在地上，茶水溅了李八侯一脸，茶杯碎片散了一地。"你知不知道，杀害朝廷命官是灭门之罪啊。我平日里叫你一定要多做善事，不要胡作非为，你就是一句也听不进去。今天倒好，你已经闯下了大祸了，叫我怎么向死去的父亲交代啊！"说完这话，李七侯竟然跪在地上大哭起来。人们常说，男儿有泪不轻弹，只因未到伤心处。这李七侯很小的时候就死了父亲，现在母亲还活在世上，双目已经失明，全靠他把弟弟抚养成人。一听到李八侯把彭县令绑到庄上来了，心里怎么能不喊疼叫痛呢？

李八侯看到哥哥哭成这样，心里又怕又恨。怕的是哥哥将怎么处置自己，恨的是自己怎么就这么鲁莽，就没想想这事情的后果呢。"扑通"一声，他双膝跪在地上，连忙说明事情的原委，并求他哥哥救他。李七侯问彭大人现在在哪儿，李八侯说正关押在马棚里。李七侯一边骂李八侯，一边就要朝马棚里走去救人。

这时候门房李忠赶忙拦住他，说："大老爷息怒，如果现在把彭大人从马棚里放出来，恐怕大人也不会原谅咱们。刚才他已经被我等怠慢了。"李七侯道："那怎么办？"李忠回答说："我倒是有一计，老爷您看看使得使不得。"李七侯问："什么计策，快说给我听。"李忠把嘴巴凑到李七侯的耳朵旁，如此这般地说了一番。李七侯点头应允，夸奖了李忠一番。

话说这彭公被关在马棚里，手脚被反绑上，嘴也被堵上了。过了不久，门一下开了，走来两个人，彭公正要喊救命，发现喊也喊不出声，仔细一瞅，才看出来人是彭兴和县府的典史大人刘正卿。二人替他松了绑，扶他到大厅上。眼前的一幕使他惊呆了。李八侯和另一个不认得的人被吊起在大院里，浑身被打得血肉模糊。地上跪着百来人，跪在最前面的老太太颤抖着哀求说："老身眼睛看不见了，让不孝子冒犯了老爷天威。如果老爷不嫌弃，老身愿意带全家老小一辈子给大人做牛做马，请原谅我的忤逆的儿子吧。如果大人不肯原谅，老身就跪在这里不起来了。"她说完话泪流不止。刘典史领着衙门的差人也都立在两边。典史刘大人告诉彭公："这李八侯不知道老爷的真实身份，所以冒犯了你。他的母亲领着大儿子李七侯和全家老小在这里向老爷赔罪。"彭公是位孝敬父母的清官，听完这些话，赶紧扶起老太太。告诉

7

老太太,他答应原谅李八侯,但是有个条件,必须保证他以后再不为非作歹。

这个李忠虽然是个看门的,心里却很有一套主意。他献给李七侯的正是苦肉计,他们一面请出老太太,以感情来打动彭公,一面告诉李七侯的结拜兄弟刘典史把李八侯和胎里坏绑起来毒打一番。这李七侯是三河县的一个豪杰,人脉很广,县衙里三班六房,没有他不认识的。这个刘典史就曾经和他结拜过。刘典史在一边劝告,并说明李八侯是被胎里坏蒙蔽的,所以才把大人误抓到李家庄。

彭公在众人赔罪和劝告之下,心也就软了下来。但是死罪可免,活罪难逃。他下令将李八侯和胎里坏押解回县衙,各打八十大板。事情这么了断之后,彭公心里想:"李家兄弟在本县势力这么大,连我一个堂堂的知县都没有被放在眼里。虽说这李七侯是正人君子,也难保他以后要与我作对,到那时候,我这个县令恐怕也当不明白,要受李家兄弟的牵制。不如让他成为我手下的捕快,不但可以被我所用,还可以除暴安民,惩治李八侯一类流氓地痞。"于是叫来李七侯说:"本朝开国以来,一人犯法,罪及一人,律有定章。本县久闻你是一个响马,家中窝藏盗寇,今天倚仗你那些为非作恶之人,前来扰乱我的公事,对是不对?"李七侯说:"老爷有所不知,小的在本县并无一案,再者老爷可以查查底卷,或将县中官差唤来问问。小人只知为民除害,专杀恶霸土豪。小的兄弟无知,求老爷念愚民无知,治罪于小人。"彭公说:"你既是明白人,也该知道天理昭彰,报应不差。大丈夫生在世上,总要扬名显亲,方是立身之本。你今天前来,本县看你相貌非俗,我有几句话告诉你,你要是真英雄,本县就收你做个捕快,给我当差,不知你意下如何?"李七侯一闻此言,心中倒为了难啦! 有心不想答应,又怕救不出兄弟来;有心答应,又怕得罪了那些绿林好友。想罢,往上挪了一步,说:"蒙老爷施恩,抬举小人,怎么敢违抗? 小人全听老爷吩咐。"原来李七侯心里也明白,李家兄弟势力太盛,早就引起别人的不满了。去县衙里混个一官半职,一来是为了八侯赎罪,二来也可少些闲言碎语。

事情也是凑巧,你想这李七侯是三河县远近闻名的好汉,一听他都到衙门里混饭吃去了,各路好汉们自然也就不好意思再公然与官府作对了,很多都不敢再做为非作歹的事。三河县的秩序逐渐好转起来。有了这李七侯,彭公办案也是如虎添翼,很多案子都是在李七侯的鼎力相助之下才破的,那都是后话了。要知后事如何,且看下回分解。

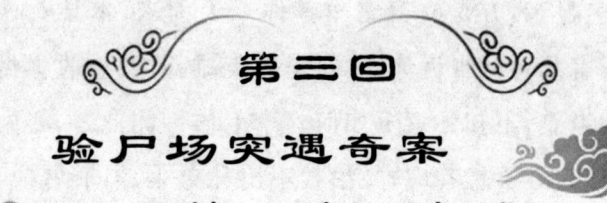

第三回
验尸场突遇奇案
可怜一命三牵连

话说有一天彭公退堂之后,叫彭兴到外面拿了几件衣服,扮成文雅先生模样。腰中摸出一块银子,换了零钱,雇了一头驴儿,自己出去走走。那时正是端午节后,天气炎热,野外麦苗一色新鲜,天气清明,绿树浓荫。农夫们都在田里耕种,行人来往于大道之上,大半多是为名为利,受苦奔忙。

彭公骑在驴上,走到一个叫夏店的地方,忽见前面一大群人围在一起,走近一看,只见里面有一个赶脚的人,年纪在四十开外,身穿旧蓝布中衣,破汗褂,光着脚,足蹬两只旧鞋,脸上污泥不少,短眉圆眼,黄胡子。旁边站着一人,年龄在三十岁左右,白净面皮,长眉大眼,口中大声嚷嚷说:"你这个东西太不讲理,你们这个地方太欺负生人了。"那穿汗褂的男子说:"不用多说,我先打完你!"说着抢拳就打。那个人说:"我先不与你动手,你真打我,我也要打你了。"众人过去问是怎么回事。那白脸的男子说:"我住三河县城内,姓曹名二。昨天一个兄弟给我捎上一封信,说我母亲死了。母子连心,天一亮我就雇了一头驴出城,恨不能插上翅膀,飞回家中。走到这里我又雇了一头驴儿,开始我与他说明白的,二百文我就骑上。走了不远，他说我走得快了，时逢酷暑，天气太热，并说他跟不上，他不驮啦，拉住驴叫我下来，我就下来，也没有闲工夫与他生气。我想骑了有一里路，我就给他五十个钱。他非二百钱不成，如不给他，便不许我走，因此争斗，大家为我评评理吧。"那赶脚的不听别人劝，过去照骑驴的又是一拳。那曹二举拳相迎，一拳过去，把那赶脚的立时打死，吓得曹二面目改色。大家见出了人命，都往旁边闪开。少时过来两个官人说："谁把他打死的，哪一个呀？"看热闹的人用手一指说："就是他。"官人说："去把锁子拿来，把曹二锁上，再作道理。"一会儿来了几个地方官，乡约、保甲等一齐同来，说："去人拿一个筐来，把他罩上，派一个人看守。"有保甲姓孙名亮的说："小伙计魏保英看守死尸吧，我等先把他送到衙门去报案，人命关天，非同小可！"

说完，拉着曹二，直奔三河县去了。

彭公看罢，心中说："这厮真是倒霉运，一抡拳就把人打死，真奇怪，人之寿限，自有定数。"想罢，继续往前赶路去了。天色已晚，到了自家后院叩门。家人彭兴正在惦念时，忽然听外面叩门，慌忙出去，开了后门，用灯笼一照，原来是老爷回来了。彭兴过来请安，说："老爷用了饭没有？"彭公说："用了。今日有什么公文案件没有？"彭兴说："有两件文书，内中有夏店地方孙亮呈报殴伤人命一案，抓到凶手曹二，是县城里的人。"

彭公听完，喝了几杯茶，吩咐值班的差役伺候升堂，换了官服，坐在大堂上。两旁灯光照耀如同白昼。彭公吩咐道：

"带那夏店殴伤人命一案之人犯,当堂听审。"当班捕快等答应,从下边将人犯带上来。那曹二跪下说:"老爷在上,小人曹二给老爷磕头。"彭公留神细看,那凶手正是中午见到的打架人,随后问道:"你叫曹二?"曹二答应说:"是。"彭公说:"你为什么打死人?被害人是哪里人氏?你要一一从实说来。"那曹二把详细情况说了一遍。彭公听了,叫人带了下去,吩咐看押。又办了几件衙门中的公事,退堂安歇。

次日天亮,彭公用完了早饭,带领刑房人等,一同去夏店验尸。彭公下轿一看:早有人把尸棚搭好,当中摆的是公案桌儿,上边有文房四宝。看罢,进了尸棚落座,吩咐人去把那被打死之人验明,再禀明。刑房验明后跪在公案前说:"请老爷过目,被害人脸色发青,七窍出血,应该是中毒而死。"彭公一听,心里不悦,暗想:"昨天本县亲眼看见曹二一拳打死赶脚的人,怎么会是中毒而死?"随即站起身来,到了尸身前一看,见遍身血迹,难辨面目,又返身落座,说:"曹二,你到底为何把他打死的?"曹二说:"小人是为雇驴,与他口角相争,一拳把他打死的。"彭公说:"曹二,你过去看看再说。"有人带他到了死尸旁一看,曹二心中一愣,细看那死尸,是二十八九岁的一个后生,面目倒也白净,被血染了,也看不出五官来,身穿蓝绸子褂裤,上面尽是血,浑身伤痕不少。看罢回来,跪在彭公座前说:"大老爷,小人冤枉啊!昨日我打死的是四十多岁的汉子,身穿破衣;今天这是一个二十多岁的后生,而且七窍出血,脸色发青,不是我打死的那个人。"彭公一听此话,心中一想,说:"我昨天也是亲眼看见此事,明明是一个四十多岁的人,为何今天不是了?其中定有缘故。"于是吩咐道:"把本地的保甲带过来!"旁边人答应,带上一人跪倒,口称:"老爷,孙亮叩头。"彭公说:"你是此地的保甲?"孙亮说:"小人充当此地的保甲。"彭公说:"我且问你,昨天曹二打死驴夫,是你看尸?"孙亮说:"不是。只因小人解送凶手报案,此处留下小人的伙计魏保英看尸。"

彭公吩咐:"带魏保英上来,我问他就是了。"孙亮答应,就站起身来叫魏保英。一会儿,一个十八九岁、黄眉毛三角眼的年轻人被带进了席棚,来到公案之前,跪下叩头。没想到,这个魏保英的一番招供却引出另一条人命来。到底是怎么回事呢?且看下回分解。

第四回
赶脚人还阳复活
胎里坏认罪伏法

话说魏保英一开始嘴硬，只是说自己睡得太死，不知道发生了什么事情。最后实在是受不了严刑拷打，终于说出了实情："小人昨夜看守那被伤身死的尸身，快到三更时候，一阵凉风把小的吹醒，过去一瞧，那被殴死的尸身不见了。我想，要是天明没有尸身，老爷前来验看，一定会责打小人的。我忽然想起乱葬岗里面有新埋的死尸一个，我于是打算把那尸身移至此处，暂且顶替一下，以防止老爷责打。"彭公说："那我问你，你怎么知道有一具死尸埋在那里？快些说来！"魏保英说："求大老爷开恩，要说那一具死尸，都是因为小的贪杯误事。那一天是五月初九日晚上，小的在后街小酒店内赌钱，输了有四十二吊钱，正在着急之时，外边来了一个人，叫小的名字说：'魏保英，跟我来！'小的一看，认得是醉鬼张二。我问他：'张二哥，找我干什么？'他拉我到了没有人的地方，叫我帮忙埋一个人，并给我分些银子。我于是问他，是谁的尸体，是不是你张二哥害的。他对我点了点头，说他害死了隔壁王庄的一个男子，尸体现在在他手上，因为自己胆子小，让我和他一起同去乱葬岗，帮忙把尸体埋了。我看他手上果然拖着一个很沉的袋子,于是就同他一起,把那尸体埋在乱葬岗中。这是真情实话,绝无一点虚假。"彭公一听此言,心中就知道又是一条人命,再往下问魏保英:"我且问你一件事情,昨天曹二打死那不知姓名的驴夫,他的尸身在哪里?你要从实招来。"魏保英说:"求大老爷开恩吧,小人实不知内中有甚缘故,我也不知那被殴身死之尸为何作怪,害得我实在好苦。"彭公看魏保英说的是实话,只好作罢。

彭公对乡人说:"你等可有认识这死尸的吗?"那些乡人都说不认识。彭公说:"你们看热闹的人,如果有认得这具尸体的,就自己上前来认他吧,本县并不加罪于你等。"说完,那些瞧热闹之人,男男女女,拥挤不开。彭公又派官人传告众人说:"你等瞧热闹的人,如有认得此尸,不必害怕,只管前来说明来历就是。"那些乡人,个个往前细看,那尸体并没腐烂,心中想道:"这个男子,也不知是谁家的,生得白净面皮,看来年岁在二十八九之间,年纪轻轻就被人害死。不知哪里恶人害的?可怜身带重伤,遭此不幸,且没有亲人代他鸣冤。"那众百姓你说我说,声音一片。忽听那面大叫一声说:"冤枉啊!"只见一个满脸黑胡须的老汉跪在地上说这是他的儿子,叫张永德。娶妻刘氏,生有一个小女儿,今年不满五岁。几个月前离家去外地做生意,结果一直不见回来。现在才看到已经死了。说完后,老汉抱着这具尸体,呼天喊地地哭起来。

彭大人先下令把醉鬼张二抓来。张二在公案前跪下说:"小人冤枉!"彭公一瞧:那个喊冤的人,年有六旬以外,衣冠不整,跪倒在地。只见他泪流满面,说:"小人名叫张二,孤身一人,喜好喝酒。五月初九晚上,我正在酒馆喝酒,见李八侯家的管家胎里坏派人来找我,说李八侯老爷找我。我赶忙到他家去了,见到的是胎里坏。他告诉我说李八侯老爷吩咐有具尸体需要埋一下,一定不要走漏风声,并答应给我银子。"彭大人马上派李七侯把胎里坏押解到县衙。经过一番审讯,胎里坏招认。原来年初庙会,胎里坏随李八侯等人去逛庙,看到一位漂亮的女子。不知道大家是否还记得,就是本书第一回中被李八侯一伙人调戏的那一位。后来因为彭公的阻拦,李八侯等人就没有得手,渐渐地就淡忘了。这胎里坏却一直记想在心里,想有机会勾搭这个女子。那妇人本来就不自重,两人一来二往,天长日久,竟狼狈为奸了。这对奸夫淫妇为了快活,一直等待时机,想要置刘氏的丈夫张永德于死地。五月初八,张永德刚回家就被刘氏二人用砒霜毒死。随后把尸体埋在自家的后花园中,怕时间久了被人发现,就花钱雇了醉鬼张二,只推说是李八侯老爷让埋的。真相大白,彭公下令将胎里坏和刘氏收监,秋后处斩。

　彭大人正要下令寻找被曹二打死的赶脚人的尸体,听到外面一阵吵闹。那边有人说:"老爷开恩吧,把那雇驴的放了,小的并没死,把驴给我吧!"彭公一瞧,吃了一惊,正是那被殴身死之人,不由得一阵面目失色,说:"你是什么人?快些说来,免得本县动刑。你来见本县是何缘故?"那人说:"小的是燕郊人氏,姓吕名禄,家业凋零,有老母在堂,七十余岁,别无生业,唯有赶脚为生。只因为昨天在夏店找到了一个生意,驮到三河县,骑驴的人姓曹名二,我二人口角相争,一时性急，忍耐不住，便打了起来，小人被曹二一拳打昏过去了。天有三更时分，我苏醒过来，身上有草席盖着，旁边有一个灯笼，又躺着一个人在那里。我就明白了，知道以为我死了。后又看看驴也没有了，我知是打我的人必定遭了官司了。我没有叫醒那看守的人，怕的是夜静更深，把他吓死。我又肚中饥饿，想赶回家吃饭，等到老爷验尸时，我好前来认驴。刚才在尸场里见到老爷，又有一个尸身，其中定有其他缘故，我就不敢前来回话。方才听见那魏保英已把真情吐露，我才敢前来，求老爷开恩，把曹二放了，把我的驴给我吧，我好赶脚去，养活我家老娘。"彭公一听吕禄之言，想他与曹二都是小本经营，若不体谅他们，岂不被老百姓埋怨？想罢，说："吕禄，我把你的驴给你，你的事就完了。"吩咐地方官人把那驴给吕禄牵来，当堂完案具结。

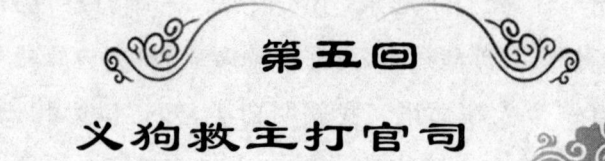

第五回
义狗救主打官司
妙计布鞋钓真凶

　　彭公正要退堂的时候，忽然看见一只黄狗连蹿带跳地跑到大堂上来，嘴里头还咬着一只青布鞋子。当差的挥着杀威棒正要往外打，发现那只狗两只眼睛都红了，像要咬人的样子。彭公一看，说："不准打它！"于是对着黄狗说："你是不是有冤枉的事情？只管大叫三声。不许你多叫，也不许你少叫。本官为你申冤。"奇怪的事发生了，那只狗好像听懂了彭公的话一样，就把四条腿一趴，仿佛人跪着的样子，用嘴把那只鞋子放在彭公面前，两只眼睛瞅着彭公，汪汪地大叫了三声。

　　彭公回头对差人李七侯说："你跟着这个狗去，看它走到哪里，你就跟到哪里，看它是不是要告诉我们什么冤情。"李七侯于是回头对狗说："黄狗，随着我走。"那只黄狗站起来，摆了摆尾巴，又闻了闻李七侯，出衙门去了。

　　下午天快黑的时候，李七侯带着黄狗回来报告彭公说："老爷，黄狗一直把我带到城外的一块高粱地，估计有五六十亩面积。当中有一座新坟，那黄狗用前爪刨了半天，什么也没有刨出来。我打听了一下，这块地是城北张员外家的。这张员外名叫张应登，是本县的一个秀才，他的父亲当过翰林，已经亡故了。他有一个叫武喜的奴才，四个月前死了妻子甄氏，这座新坟正是甄氏的。"彭公问："甄氏是得病死的？"李七侯说："不是。据我打听，两个月前的一天晚上，甄氏被人杀死在家里，脑袋都不见了。不知道为什么，前任县令刘老爷把张应登锁押起来。后来幸亏他的管家张得力献出人头，才把案子完结了。"

彭公觉得事出蹊跷，疑点很多。第二天一早，他就派人把与此案相关的张应登、张得力、武喜三个传来问话。彭公端坐堂上，惊堂木一拍，说："张应登，你家奴才武喜之妻甄氏被何人杀死？从实说来。"张应登跪在地上，吓得直哆嗦，招认说："今年正月元宵佳节，我看花灯回来，见到有一个美妇人站在路边。生得粉面桃腮，十分可爱。我一见神魂飘荡，仔细一看，原来是武喜的妻子甄氏。回到家中，我就派武喜进城办事去了。第二天过午时候，我偷偷去敲武喜家的门。甄氏认得我，出来开门说：'主人来了，里边坐吧！'恭恭敬敬地给我鞠躬。我被美色所迷，更加忘了身份。"扑通"一声跪在甄氏的面前说：'娘子，自从那天灯会我看见你之后，我是茶饭不思，无时无刻不在想你。今天你男人不在家中，我特意来找你，望你可怜我，赐我片刻之欢。'那甄氏面带笑容把我扶起来，和颜悦色地说：'主人今晚再来，奴婢等候大爷。青天白日的被人撞见了怎么办？'我一想也对，自己回到家中。到晚上的时候，我左思右想，自己一个求功名的人，无论如何也不能做淫人妻女的苟且之事，于是就没有去赴约。谁知到第二天早上起来，书童来报说：'甄氏被人杀死了，人头也不见了。'我一听，吓了一跳，连忙跑到武喜家中，看到甄氏的死尸躺在地上，流了一大摊的血，头也不见了。我急忙报了官。前任刘老爷根据别人举报把我抓进监狱，说只要供出人头在哪儿就可以放我。过了几天，家人张得力来献了人头，我才被释放。"

彭公看武喜五官端正，面带慈祥，不像是个作恶的人。彭公对他说："武喜，你妻子被人杀了，你知不知道缘故？""青天大老爷呀，我一点都不知道啊。我妻子她死得很惨，大人一定要为草民申冤啊！"说完话，武喜大哭。彭公说："破案不难，你得配合我们才行。"

于是吩咐众人带上武喜去坟地开坟验尸。三月天气，尸体已经开始腐坏，法医抬过来请老爷过目。彭公一看那死尸的人头有柳斗大，面目看不太真切，呼唤武喜过来辨认。武喜看完说："回禀老爷，那个尸身像我妻子甄氏的，只是那个人头丑陋不堪，绝不是我妻子的人头。"张应登的管家张得力看事情隐瞒不过去，跪下说："请大老爷开恩。我家世代受张员外家恩情，看见主人被官府抓去。一时心急，就把自己丑陋不堪、尚未出嫁的女儿灌醉，取下人头送到官府。才救出我家主人来。"

线索就此断了。黄狗衔的鞋子又是谁的呢，它为什么知道那坟里的事呢？彭公眉头一皱，计上心来。他派李七侯化装成挑夫，挑上挂着黄狗衔来的鞋子，暗带兵器，顺着大路往前行走。

正是暑热天气，李七侯往北走了五六里地，见路北有处茶馆。李七侯正在吃茶，打西边来了一个二十多岁的汉子，手拿一把折扇，摇摇摆摆地走来。里面所有吃茶的人，见他来了，都站起来说："里边坐吧，六太爷。"那个人说："不必让，大家请吧。"说完一抬头，看见李七侯的挑上挂着一只青布鞋子，就问道："你这只鞋子卖不卖？"李七侯说："老爷买一只鞋子去有什么用呢？如果你需要，就送给你吧。"那汉子笑一笑说："实不相瞒，老兄，我正好有另外一只。"说完，拿起鞋子走了。

李七侯一打听，才知道他是张家庄有名的地痞李六，专干伤天害理的事情。方圆几里，这青布鞋子只有他穿得，别人都不让穿。李七侯回去把这些情况如实报告了彭公。彭公推测真凶可能就是李六，马上派人把李六抓到县衙。

经过审问，李六供出了事情的原委。原来李六早就想打甄氏的主意。那天趁武喜不在家，晚上偷偷潜入甄氏屋子。哪知甄氏不从，就用随手带的一把钢刀将她杀死。因为与胡明有仇，就把人头用布包好，掷在了胡明后院里。这胡明经常做坏事，心中有鬼，捡到人头却不敢声张，偷偷在自家院里埋了。彭大人派人去挖，果然找到。给武喜验看，武喜说："这正是小人妻子的人头。"那只一直被差人喂养的黄狗也被放出来，一见到武喜，摇头摆尾，十分高兴。武喜对大人说："这只狗是小人家的，走了两个多月了，不知道怎么在衙门里。"李六一见，叹着气说："唉！就是这条黄狗，自从我杀了甄氏，它天天跟着我。就是它咬走了我的一只青布鞋子。活该我杀了人，连狗都不放过我啊！"谁知这彭公对李六的审判却惹祸上身。到底怎么回事，且看下回分解。

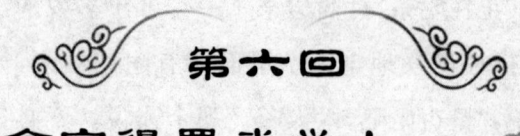

第六回
命官得罪武举人
彭公丢了乌纱帽

　　上回说道一只义狗牵涉出一桩人命官司,凶手李六被查出来。正在他叹息伤天害理,连狗都不会放过自己的时候,来了一个三河县地方有头脸的人。这人是谁呢?不是别人,是三河县的武举人武文华。这个武文华与李六是金兰之交,听人传说李六被拿进衙门,特意前来救那李六。彭公说:"武文华,你仗着你是武举人,扰乱本县的公堂。李六身犯国法,有命案在身,你不知道天子犯法与百姓同罪?来人,把武文华给我逐出衙门外!"武文华哪里服气,一边气昂昂地下堂去,一边说:"彭大人,你到任不久,凌辱乡绅。我要叫你坐得长久,算我无能。"各位看官知道,这为官的别的不怕,最怕地方上有势力的人与你作对。他们往往在朝廷里有背景,如果他们去上面使坏,一般地方的小官哪里经得起?可是这彭公发誓要做一个替老百姓做主的清官,当然是不怕这武举人的。

　　这个武举人还真是说到做到了。过不了几天,忽听外面来报,说有顺天府文书求见。彭公说:"请进来。"一会儿,全衙门的老爷都到了。彭公拆开文书观看，里面有上面抄下来的一张京报，上谕：御史李秉成奏三河县彭朋不理民情，任意妄为，立即革职。三河县的差事，让典史刘正卿代理。彭公看完，知道是武举人武文华干的，无可奈何，送走文书，然后说："各位仁兄，等我盘查三天，再给你们一个交代。我就离开这里。"刘正卿等人答应告辞。

这一文书，轰动了三河县全县百姓，老百姓都说三河县百姓命苦啊，好不容易来了一位清官，板凳还没坐热就有人使坏。这事情一定是武文华干的，他是当今皇上的弟弟索奈的义子，仗着自己是皇亲国戚，在朝廷里很有权势，五府六部都不放在眼里。"一定是为了李六的原因吧？"大家纷纷议论。

单说侠心侠肠的英雄白马李七侯听人传言武文华搬弄人情，把彭公参了，怒气填胸，到了书房内，见了彭公说："刚才我听人说，你老人家被参，不知道是因为什么？"这彭公长叹一声说："李壮士，我一直指望着为国尽忠，为民除害，不想半途被李秉成参，我也没脸见三河一县之人。"李七侯见彭公一点精神也没有，有冤无处去诉，就说："老爷请放宽心，暂时在这里住下，我管保你老一个月内官复原职。"彭公说："李壮士不可，这件事情哪里能那么容易办呢？"李七侯说："大人不用担心。大人可曾听说咱们绍兴府出了一个驸马爷，当今皇上格外宠信？"大人点头说："听过此人。"李七侯说："我正好认识一个左庄头。他乃是这位驸马爷的皇粮庄头，在驸马爷跟前是个大红人，说一不二，我去给老爷托着，请老爷千万别走，多住四五天再走不迟。"说完，李七侯出了衙门，想想应该先跟众位结义兄弟商量商量，于是先没有去左家庄，上马往武家庄去了。

到庄门外，早有几个庄客过来迎接说："七爷来了，把马交给我吧。"李七侯进了大厅，正遇见那武七鞑子武成在大厅上，与那摇头狮子张丙、一盏灯胡冲、泥金刚贾信、滚了马石宾、闷棍手方回、大刀周盛、快斧子黑雄、满天飞江立、就地滚江顺、快腿马龙、飞燕子马虎、朴刀李俊等人说话。一见李七侯进来，齐声让座说："七太爷里边坐吧。"李七侯见了众位英雄，遂把彭公被参之故，说了一番。然后说："请武大哥跟我来，咱们二人到左庄头那里去，托他在驸马爷面前说两句好话，可以有门路保住彭老爷官复原职，才显出我等是英雄。"

武七鞑子点点头，二人上马，找左家庄左庄头去了。见到左庄头，二人说明了事情的原委以后，左玉春说："一个七品正堂，要叫他官复原职很不容易，非用白银一万两不可。只要有一万两银子，我就能去办下来。"二位英雄告辞，回到武家庄下马，把要一万两银子的事情给大家说了，希望大家帮忙。这帮人都是草莽英雄，听这么一说，已经明白了，这是要去向行路人"借"些银子来用。于是吩咐家人预备香烛纸马，祭拜天地。

喝了英雄酒，烧完福纸，李七侯说："朴刀李俊、泥金刚贾信、滚了马石宾、快斧子黑雄、闷棍手方回、大刀周盛，你六个人带二十名手下，往东路埋伏在商家林里；满天飞江立、就地滚江顺、摇头狮子张丙、一盏灯胡冲、快腿马龙、飞燕子马虎，你六个人带二十名手下,去南洼半路等候!我和武成在家中等信。"李俊带手下来到东路树林里面,勒住马,派人前去探听。不多时有人来报,说有一老一少,两人押着五个骡子两匹马,离此不远。朴刀李俊说:"知道了。"一催坐下马,往前面一瞧:那边尘土大起,来了一伙骡驮子,前头一匹黄骠马,鞍辔颜色鲜明,马上一人,看他身躯约有八九尺光景,头戴羽缨边帽,身穿米色银绸单袍儿,红青羽缎马褂,腰间扎一条凉带,足蹬青缎靴子,肋下佩一口长刀,四方脸,浓眉大眼,精神百倍,年过半百以外。这李俊一催马,便把那人的去路拦住。要知后事如何,且看下回分解。

大路上来了一伙人，最前面是一位骑着黄骠马的老者

第七回
豪杰误斗黄三太
各路英雄显虎威

上回说道朴刀李俊等人带领手下二十多人,埋伏在树林里,截住了七个骡驮子,一个老英雄押着,还有一个二十来岁的少年人跟在身后,腰佩单刀,骑着一匹白马。李俊一看,说:"对面来的孤燕,留下买路的金银,放你过去。我家寨主'不怕王法不怕天,终日酒醉树林间。就是天子从此过,也要留下买路钱。'"这两位英雄乃是叔侄两个,从长城外回家,押着三千两白银,走到此处,听见前面有人喊嚷,抬头一看,只见前面地势险要,二十余个盗寇,各执刀枪,一催马到了树林外,拦住老英雄的去路。那位老者抽出刀来,说:"对面小辈,要买路钱,你有什么本事?"朴刀李俊说:"我手中的刀定要你的老命。"那位老英雄说:"小辈,你有多大的能耐?"催马抡刀就剁。朴刀李俊往上相迎,战了几个对面,被老英雄一刀背打于马下。泥金刚贾信持手中枪怪蟒钻窝,分心就刺。老英雄凤凰展翅,往上相迎。贾信圈回马来分心又刺,却被老英雄把枪磕开,一伸手把那贾信擒过来摔于地上。快斧子黑雄抡月牙开山斧搂头就剁,老英雄用智谋赚他,慢慢地与他悠斗。树林里滚了马石宾看见情形不对头,赶忙吩咐手下回庄子里去报信。

去不多时,那两位寨主李七侯和武成带手下人催马来到树林,看那位老英雄正把黑雄摔于马下。李七侯催马抡刀,直奔那老者而来,大嚷道:"老匹夫休要逞强,本老爷与你见个高下。"两个人大战有几个回合,忽见正东上来了几匹马,全是绿林英雄前来解围,大嚷道:"自己人,不要动手。"头前骑马来的,是赛时迁杨香武,后面跟着金眼魔王刘治、花面太岁李通、白眼狼冯豹、小太岁杜清、小军师冯泰、双刀将李龙、蓝面鬼刘玉、赤发瘟神葛雄。这九位是从山海关而来,正遇李七侯剪径劫人,连说:"别动手,都是自己人。"杨香武纵马来到跟前,李七侯与那位老英雄停手。杨香武跳下马来说:"李贤弟,我常和你说过,江南绍兴府望江岗聚杰村,有位英雄姓黄名三太,别号人称南霸天金镖黄三太,我给你哥俩引见。"李七侯一听面前这位就是名震江南的黄三太,赶忙赔不是。二人见过,大家也引见了。杨香武说:"自己人为何动手呢?我从乐亭县来,路遇金眼魔王刘治、花面太岁李通等弟兄从山海关来。听人传言,此处有一个李六,还有一个武文华,行凶作恶,欺压善良,我等要来访问他,正遇二位动手。"黄三太说:"我因江南事情平常,想要出北口逛一趟。现在刚从热河回来,路过这里。"正说话的时候,那边押骡驮子的少年过来说:"杨五叔,你老人家好啊!"赛时迁一瞧,来的却是神眼季全。这个人武艺出众,才略超群,两条腿日行六百里。无论什么人,只要他见过一次,就是过十年再见,还是认识,故此人称神眼季全。大家见完礼,武成与李七侯把黄三太等众家英雄请到了武家庄。季全把骡子拴在内院之外,同众人到了大厅之上落座。

家人献茶,忽见外面快腿马龙、飞燕子马虎、满天飞江立、就地滚江顺、摇头狮子张丙、一盏灯胡冲,带手下人等来说:"禀报寨主,我等在大路上等候,从东边来了一支镖队,保镖的人是铁金刚冯元,押着二十万银子,送给寨主一千两,还说了些好话,说回来的时候再来拜见你老人家。我等知道他和寨主有往来,也不肯收他的。"说完,把一千两银子抬到账房之内,与黄三太、杨香武等见过礼,大家归座吃酒。黄三太说:"久闻你七寨主乃是个有名的英雄,为何在本地做起这买卖来了?"李七侯说:"三哥你有所不知,只因新任三河县的县官彭朋,为官清正,为民除害,拿了地痞李六。有武举人武文华,当堂说情不成,仗着他是索亲王的义子,买通御史李秉成,把彭公参了。我气愤不平,到衙门见了彭公,说不必生气,我保管他一月之内官复原职。我托着左玉春,他乃是驸马府的皇粮庄头,说要托人情,须白银一万两才可以成功。因此和众位兄弟在这里做点生意,往日劫客商一千,只图三百两,今日是有多少留多少,事在紧急。"黄三太听完,说:"这就是了,咱们大家该当成全。一则是大清朝的洪福齐天,二则是彭公官星发旺,英雄聚会。"老英雄杨香武说:"这段公事,咱们大家办理,黄三哥给出一个主意。"黄三太说:"季全,这事应该怎么办呢?"神眼季全为人机巧伶俐,一听黄三太之言,说:"三叔,这件事须先派人把彭公给稳住方好,要不然,即便凑成一万两银子给彭公办事,要是他等不及走了就不好办了!"大家一听,说:"这话说得有道理,但稳住他也不容易,不知有何妙计?"李七侯一听,沉吟半晌,并无主意,武七鞑子也闭口不语,都问季全该怎么办。神眼季全说:"派几个人改扮成报喜的人,去将彭公稳住就行了。"那几个改扮的人于是奔三河县而去。结果如何,且看下回分解。

第八回
巧送礼彭公复职
重掌印捉拿祸首

　　上回说道各路英雄聚齐在武家庄上，依神眼季全的意见，商量着先派人稳住彭公。季全又说："拿我们三叔老人家一只金镖，前往北五省各绿林英雄那里去借银子就行了。"这信号一发出去，又有各路英雄陆陆续续将银子押送到武家庄来，送给黄三太和李七侯。连黄三太的结拜兄弟西霸天濮大勇、镇北方贺兆熊、东霸天武万年也带着几千两银子来了。大家都是一心一意要保举彭公官复原职，为民除害。

　　不过几天，一万两还多的银子被凑够了，李七侯连忙差人送给左玉春，请他去办理。并派了快腿马龙、飞燕子马虎二人陪同左玉春前往京城。各位看官，这往上面送银子可不是平级之间"一个愿送，一个愿收"的事。上面的人不是见钱就收的，非得有路数的人送才行。这左玉春正是那古往今来最会送银子的"好手"，你看他用的妙计，不得不让我们心服口服。

　　他们顺着大路，进了齐化门，行至东单牌楼驸马府门首，到了接待的回事处，管事的差人巴兴阿瞧见是左庄头，说："我去禀明管家刘老爷。"刘管家这个人心直口快，与那左玉春最好，听巴兴阿一回禀，连忙说："请。"巴兴阿马上将左玉春请进书房之内。左玉春给刘管家请安,说:"刘老爷好哇?"刘老爷说:"左贤弟,你从哪里来?"左玉春说:"从家中来。我这里有白银一千两,送给刘老爷台前,买衣服穿。"刘管家经常帮左玉春走动官司,一见左玉春送银子,说:"你跟我还费这心干吗?有事直接给我说就行了。"左玉春把事情的前因后果说了一遍。刘管家说:"近来驸马爷为响应皇上清明廉洁,拒收金银钱财。老弟,你的东西恐怕进不了驸马府啊。"左玉春一听,笑着说:"刘老爷,这个小弟早有准备。"对着刘老爷的耳朵,如此这般这般了一回。

　　左玉春被带到内书房,给驸马爷磕头问安,然后说:"奴才听说老爷近来想念家乡故土,却因为为国家操劳,没有空回绍兴看看。特孝敬十坛绍兴土给老爷,以使老爷的思乡之情有所寄托。请爷开看!"驸马爷一听送礼的,正要假装生气。但听是十坛泥土,便十分奇怪。心里想:"我活这把年纪,从来没有听说还有送礼送泥巴的,既然是几坛泥土,就先收下吧。"便叫人把左玉春送来的东西抬到书房,那些东西看起来非常沉重。驸马爷吩咐:"打开我看看。"刘管家打开,看见坛里装的真是泥土,倒掉上面的泥土,下面分明是金光闪闪的珠宝。原来这左玉春早听说驸马府拒收礼物的消息,就把这一万两银子去换了金银珠宝,装在一个坛子里,上面铺一层绍兴的泥土。驸马爷一看,生气地说:"左玉春,你给我送这些东西有什么用处?我是那种贪财的人吗?"左玉春一见驸马爷生气,连忙跪下说:"这是家乡泥土和泥土里长出来的,特孝敬驸马爷,求驸马爷开恩。"他就把彭公在三河县所作所为之事以及被武文华买通御史李秉成参了之故，说了一遍。驸马爷说："知道了，到后面用饭去吧。"左玉春下来，在刘管家屋中用饭。一会儿，刘管家从里面拿出来一把扇子、一对荷包、跟头褡裢、槟榔荷包共四样，说："驸马爷赏你的，叫你住两天听信，驸马爷代你办理。"

第二天早朝，驸马爷面君说明了事情。当今天子最喜欢他这个驸马爷，凡是他求的事情没有不答应的，立即下旨说彭公办案是依法行事，武举人武文华等串通御史诬告朝廷命官，令三河县拿住武文华，严刑查办，革去李秉成御史之职。左玉春得到消息，忙派人回武家庄去给众英雄报信。

彭公自从有人来报喜后，没有看到上司的文书，真假难辨。正在焦急地等待的时候，忽然见许多官员都来贺喜，原来是上面的正式公文下来了。彭公官复原职，继续担任三河知县。这时外面有人禀报："白马李七侯来给老爷道喜。"彭公说："快请进来。"李七侯自外面进来，给老爷请了安，说："老爷这两日可好？"彭公说："李壮士你甚是分心，容日后再谢，你我尽在不言中就是了。今日有上谕捉拿势棍武文华，还须壮士辛苦一趟。"李七侯说："老爷派杜雄一人同我前去，可在三天之内，报告老爷消息。"

李七侯回武家庄又挑了三条好汉，随着自己去捉拿武文华。刚安排完事情，忽然看见季全从外面进来，下了马说："众位寨主，你们都好哇？"黄三太说："季全你回来了，我且问你哪里去了？"季全把所到之处说了一遍，又说："走到河间府九尾坡，遇见一伙强人，都不认识。我说：'你们这伙人是不认识我，我今在南霸天黄老爷手下当一个小伙计，名叫神眼季全。'那为首的人听了勃然大怒说：'原来你季全就是黄三太手下的人。他有何能，敢称南霸天？我早有心要上绍兴府找他，因我有事不能前去。我且饶你狗命，去给黄三太送个信，叫他在绍兴府等我。我乃是独霸山东窦二墩窦二太爷，过了中秋节后，定来访他。'小侄不敢与他争斗，因此回来禀三叔知道。"黄三太说："好一个小畜生，我在江湖三十余年，并未遇见过对手，今日这厮欺我太甚，我必要亲身到河间府与他比拼比拼。众位英雄，我告辞了。"武七鞑子说："不必忙，我跟你去了解了解窦二墩是何等英雄？我也听人传言，说有一个独霸山东窦二墩，外号人称铁罗汉，我听过他的名字就是没见到他，想跟你去助助威，也叫他瞧瞧咱们这些人。"其他在场的英雄几十人一听，都异口同声地说："我等跟随黄寨主前往。"第二天一早，李七侯把捉拿武文华的事情托付给杜雄等人，便带领各路共三十四位英雄跟随黄三太，往山东找窦二墩去了。

武文华自从走人情，把三河县令革职以后，就觉得自己是这里的大王了，目无王法，无所不为。今日正同他的美姜在上房里饮酒取乐，忽听房屋上一响，从外面闯进一人来，手执钢刀，照定武文华就是一刀。武文华一闪，窜至院中，手执宝剑，只见从南房上跳下一人说："武文华，你往哪里走？"屋内砍他之人也跳至院中，抡刀来到。这时外面一片喊声，群雄赶到。这武文华虽然是个举人，有一身好武功，哪里斗得过这几条好汉。很快就被众英雄捆绑，押送到县衙去了。要知黄三太等人此去怎么镖打窦二墩，且看下回分解。

第九回

三太镖打窦二墩
青梅煮酒论英雄

话说黄三太和李七侯带着众位英雄往山东找窦二墩算账去。到了山东地界，打听到窦二墩到德州府做买卖去了。他留下口信，约在李家店见面。众英雄又快马加鞭，赶到德州府李家店。在店里租了数十间房，住下来等候窦二墩到来。

这一日，刚吃过早饭，忽然听到外面一片吵闹声。从外面走进来一伙人。为首的那个人身高八尺，脖子粗短，虎背熊腰。后面跟了十多位英雄，都是长年在外行走江湖的人。为首的人发话了："在下就是窦二墩，哪位是黄寨主？窦某久仰大名，请出来答话。"黄三太说："我就是黄三太。你就是窦二墩吗？听说你要找我，我现在来找你。你我一较高下，我奉陪练两趟。"窦二墩说："这个地方狭窄，离城四十里的东郊野外有个叫白草坪的地方，地面开阔。明天咱们在那里比吧，去者是英雄，失陪了。"黄三太说："好，不送。"窦二墩一走，李七侯心里想："不好，这窦二墩正是年轻的时候，身体强壮。再看这黄三太已经年近六旬了，哪里能是窦二墩的对手呢？"不由得替他担心起来。可是旁边的其他人，跑这么远的路，就是为了要亲眼看看两大高手的打斗。一看这窦二墩也不是等闲之辈,黄三太都未必是他的对手。他们就等着看好戏,少有像李七侯那样为黄三太担心的人。大家一边大碗喝酒,大口吃肉,一边议论着明天谁会取胜。

次日,天亮起来,众英雄来到白草坪,见窦二墩早就在那里等候了。一见黄三太,窦二墩双手抱拳说:"黄寨主,今天咱们有言在先,你我动手,不准别人帮忙。"黄三太说:"我黄某人言而有信,你放心好了。今天如果你赢了我黄某人,我宁愿横在刀下,没脸再在人间活着。"窦二墩一听这话,也不甘心示弱,拍拍胸脯说:"我窦某人要是输给你,就永远不再出山。"黄三太说:"好,刀下无眼,各自留心。"说完抢刀就砍。这边窦二墩的虎尾三节棍一摆,上下翻飞,十分厉害。只见这二人打斗的时候,那窦二墩舞的三节棍上下翻飞,像翻天卷起的波浪,那黄三太的一把明晃晃的金背刀像一条出海的大鱼,在波浪里上下翻飞。众人都看得目不转睛,惊叹这两人真是神人。

二人你来我往,战了几十个回合也没有分出胜负。毕竟黄三太是一把老骨头,哪里能和年轻力壮的窦二墩比耐力?渐渐地,就看见黄三太的大刀越举越低,步子也乱了,好像喝醉了酒。那边窦二墩却是越战越猛,进攻也越来越快。众英雄一看不好,都暗暗为黄三太担心。赛时迁连忙说:"三哥见机行事,不一定要用金背刀取胜啊。"这一句话提醒了黄三太,暗说:"我使暗器赢他就是。"想罢,跳出圈外,把刀一横,伸手掏出金镖一支,回手照定窦二墩就是一镖。窦二墩也是人中的龙虎,眼观六路,耳听八方,黄三太一转身,他就看出有暗器。见那金镖扑面而来,说时迟,那时快,他伸手便把那金镖接住。黄三太大大吃了一惊,暗想:"窦二墩果然武艺不一般,待我打出第二支镖去。"回手又是一镖,又被窦二墩接去。黄三太见连打两镖,竟然被窦二墩接去两镖,暗暗叫苦。这边李七侯就要去帮助,众人也都抽出兵器。神眼季全说:"大家万万不可啊,我三叔是个性子十分急躁的人,大家即使把他救了,他也觉得没面子,还不如把他杀了的好。"大家正在着急,救也不是,不救也不是。只听见窦二墩"哎哟"一声倒在了地上。原来,黄三太瞅了个破绽,第三镖正好打中窦二墩的前胸。黄三太过去搀扶他起来说:"贤弟,你真是一位英雄,我黄三太只是侥幸取胜。"窦二墩说:"算了,我也没脸再见天下英雄。"回头对跟从的好汉说:"你等都散了吧,我去也。"

窦二墩走后,大家回店,给黄三太庆贺了一番。正在大摆宴席之时,忽听外面家人黄用来报告:"老太爷,我在各处打听,才知道你在这里,家中夫人生了公子了。"众英雄齐声贺喜,说:"三哥你义助李七侯,镖打窦二墩,这是普天下的霸主。今天又生贵子,我等送他个名儿,就叫天霸怎么样?"黄三太说:"很好,就听大家的,叫黄天霸。"听到这个消息,真是双喜临门,大家开怀畅饮。真是"酒逢知己千杯少,话不投机半句多"。大家一边喝酒吃肉,一边议论英雄。

西霸天濮大勇说:"众位恩兄贤弟,我想真是光阴似箭啊。想当年我们结拜的时候,还是二十多岁的毛头小子,现在都是头发花白的老头儿了。要论英雄,在北方要算李豫大哥,他只要红旗一展,无论哪路,都得送他几两银子的。凤凰张七哥和黄三哥一样,永远都是独来独往,孤身一人。得到千两银子,只会留三百两给自己,别的都会用来救济穷人和孝子贤孙。如今黄三哥功成名就,江湖中的事情都不大理会了。咱们绿林朋友,有的遭了官司,身受重刑,有的脑袋被搬了家,死在法场之上。死的死,逃的逃,真个不少。"这黄三太本来已经喝得醉醺醺的,他一生服软不服硬,死爱面子。听见濮大勇夸说别人的威名,借着酒劲,自己的气往上冲。他说:"众位,不是我黄三太说句大话,当年我在绿林中,没有遇到过对手。我做买卖,向来是独来独往,从不与别人搭伙。绿林中像我这样的人也很少。"这濮大勇也是个不会看脸色说话的人,一听这话,说:"三哥,你这话说得也不奇怪。咱们在绿林中走的人,能做的事,不过是趁荒郊野外没人的时候吓一吓别人,别人一听咱们是某人某人的手下,先就害怕了,自然就把银钱留下来了。要说惊天动地的大事,我认为得到北京城天子脚下去,把当今万岁爷的物件拿它一两样去,或者干脆到管全国银子的户部,把那户部的银子抢他几筐回来,那才算是真正的英雄。"黄三太一听,大笑说:"听贤弟这么说,没有人敢去拿皇帝佬儿的东西。我不是夸口,莫说是到京城弄几两银子回来,就是劫皇帝的圣驾我也敢去。"濮大勇一听:"你要真劫来了,我就给你磕三个响头。但是你老人家这么一把年纪,劝你还是不要去了。那京城里有成千上万的卫兵、大小无数的衙门。你要真是去了,恐怕连皇上都瞅不上一眼,更别说要抢劫皇上的东西了。"要知后事如何,且看下回分解。

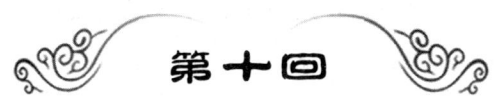

第十回
三太赌气劫圣驾
围场打虎成威名

　　上回说道李家店里，西霸天濮大勇一席话激起了黄三太的不平之气。那黄三太听完濮大勇的话，不由得气上心来，又不好意思发火。压了压气说："贤弟，你不必拿话气我。你等着看我做完再说吧。"贺兆熊、褚连彪等人连忙劝告说："三哥，不要和他一般见识，你都一把年纪了，又刚得了公子哥儿。还去冒这个险干吗呢？"谁知大家越是劝告，他越是想去。众人走后，黄三太心里又是一番复杂的斗争。心想："自己今年已经将近六十岁，常言说得好，'宁叫名在人不在'，我一定要到京城去干一件轰轰烈烈的大事，留下英名，传于后世。"

　　众位英雄李家店告别之后，黄三太安排随从先回家去报个平安，说自己要独自到京城去办点事。天气正是在三春时节，杏花开放，桃柳争春。在下在这里有个交代。大清朝康熙爷当政的时候，天下太平，五谷丰登。这万岁爷能文能武，论文，经史子集，无不精通；论武，最喜欢射箭，箭术百步穿杨，当朝第一。因此每年春秋两季，皇上都要带领皇亲国戚出宫，到皇家猎场去打猎，想通过打猎来锻炼皇室文治武功。

打猎的对象当然是那动物中的百兽，它们都被驯养在栅栏里，这些栅栏围起来的地方方圆千里，珍禽异兽，应有尽有，所以这些猎场又叫围场。黄三太到了京城，会了各方朋友。打听到皇帝今年要打春天的围，盘算着要去南郊的围场会会当今的天子。

话说当今天子康熙皇帝，这回传旨下去，带着宗亲王室、贝子贝勒、王公大臣，去京城南郊的围场打围老虎。黄三太花了几两银子，买了一身官服带上，跟着浩浩荡荡的打猎队伍，往南郊去了。黄三太本来生得外表不俗，面皮红中透黄，一把花白胡子，根根似线。靠着使钱，竟然很快混到皇帝身边去了。到了围场，万岁爷就换上围猎的装束，骑一匹枣红马，挎上弓箭，带领众人围猎去了。这黄三太混在人群中，跟在队伍后面。

走了一段，皇帝拈弓搭箭，射了几只飞禽，臣子们拍马屁奉承，天子得意扬扬。忽听得前面树林中一声长啸，地动山摇，随后一只吊睛白额大虎从树林中一跃出来，吓得围猎的人魂飞魄散，面如土灰。正好万岁爷走在最前面，离树林的距离最近，这枣红马一听到百兽之王的叫声，早就四腿发软，乱了阵脚。把那当今真命天子、万乘之躯从马背上摇落下来，摔在了地上。众位王公大臣、皇子皇孙们平日里都住在深宫里面，哪里看到过老虎。况且这是一只三春的饿虎，野性正在旺头上，显得比其他时候更加凶猛。众人一看到是猛虎，哭爹喊娘，到处乱窜。自己逃命都顾不上，哪里还顾得上万岁爷。

　　只有黄三太十分镇静，冲到万岁爷前面，伸手掏出飞镖，正好打在那老虎的左肋之上。那老虎大啸一声，朝三太扑过来。被三太又是一镖，正好打在老虎的前胸上，蹬一蹬腿，死过去了。

　　三太扶起地上受惊的万岁爷。那康熙老佛爷是马上皇帝，并不胆小。见救他的是一个威风凛凛的老头，身着官服。黄三太连忙双膝跪在地上，说："小民黄三太，叩见万岁万万岁！"皇上见黄三太一把年纪，还有如此本事，竟然救了自己一命。开金口说："你是哪里人，来这里干什么？"黄三太说："求皇上赦免我死罪，我才敢说。"康熙爷说："朕赦你无罪，只管从实招来。"黄三太磕头说："小民原籍福建台湾永河乡人氏，寄居在绍兴府，练得一身武艺，在绿林为寇，劫富济贫。近来和一个结拜兄弟赌气，要做一件惊天动地的大事才算英雄。小人一时鲁莽，来到京都，正遇到万岁爷行围打猎，就化装成大臣混在队伍里等候时机。能替万岁爷解除生命之危，小人不敢求赏，只求万岁爷赐给我一点物件，成全我的名声。即使我死在九泉之下，也感念万岁爷的皇恩浩荡。"当今皇上一听，龙颜大悦。又看黄三太年事已高，就把身上的黄马褂脱下来，说："黄三太，朕念你打虎救驾之功，我赐你黄马褂一件，回家务本，勿要再做伤天害理的事情。朕成全你的名分，回家去吧。"黄三太接过黄马褂，叩了个头，说："我皇万岁万岁万万岁！"回家去了，从此闭门读书，不再过问江湖上的事。

　　这且不表，单说那武七耗子武成，自从众英雄李家店分别之后辗转到京城木苏王府当差。这天正在书房闷坐，忽家人来报:"赛时迁杨香武来拜。"武成吩咐备饭,给杨香武接风。一会儿家人摆上酒菜,武成和杨香武落座喝酒闲聊。武成说:"杨大哥,你我闯荡半生,要说绿林中人物,我就佩服一个人,他就是那南霸天黄三太。十多年前他在西郊围场镖打猛虎,救了当今圣上,皇上赏赐他八宝团龙黄马褂,真是扬名天下,独一无二。"杨香武说:"我有一句话,武兄不要取笑,黄三太六十岁的人做出这事,小弟实在是佩服。但那也是他运气好,正好碰上了,而且是使力气的活儿。不是跟贤弟你夸口,我杨香武可以不用吹灰之力,三天之内在京城做一件事,让你定然知道。"要知道杨香武做出什么大事,请看下回分解。

第十一回
"小偷"潜入紫禁城
"大侠"一盗九龙杯

上回说道武七耦子武成和杨香武谈论黄三太,杨香武很不服气,说要三日之内做出一件大事来。武成一听,说:"仁兄莫要当真,我只是随口夸夸黄三太,绝没有贬低仁兄的意思。仁兄都是四十多岁的人了,俗话说'老不以筋骨为能,自古英雄出少年。'这京都禁地,兄长一定要三思而后行啊。"杨香武哈哈大笑说:"贤弟小瞧我杨香武了,你就等着听我的消息吧!"

从武成门里出来,杨香武出了西直门,过了高亮桥,顺着石头道,来到海甸。一看那街市上,人烟稠密,买卖兴隆。杨香武在岔路口一拐,走进一家清茶馆。原来杨香武走了多年江湖,打听消息十分有经验。他打听消息,别的地方不去,就喜欢去三个地方:茶馆、酒楼和妓院。为什么呢?因为这些地方三教九流,什么人都有。杨香武靠近一些太监宫官模样的人坐下来,要了一壶茶水。只听到一个太监说:"先生该开书了,天不早了。我今天晚上还有差事呢。"旁边一人悄声问:"小福子,你晚上什么差事?"那太监答道:"主子今日晚膳在畅春园。北边的蒙古亲王要进献宝贝《八骏图》,主子要传我去服侍呢。"他们怕走漏消息,说的声音很小。不过这旁边杨香武本事了得,早就练成眼观六路、耳听八方的功夫。这一帮太监声音再小,也被他听去了。不多一会儿,说书的先生走上了场,道了词句,拍一拍桌子,说得十分热闹。但是那杨香武哪里还听得进去,早一溜烟跑了。

太阳快落山的时候,他在没人的地方换了身黑衣服,罩上黑帽子,斜挂着百宝囊。这可不是一般的布袋,里面装了杨香武的三件稀世宝贝。这第一件宝贝是装鸡鸣返魂香的铜牛,这熏香是杨香武的师傅亲自传授给他的武林秘技,人一闻立刻就会晕过去,要到天亮鸡叫的时候才能苏醒过来;这第二件是十二太保的钥匙,无论什么锁,全都打得开;还有那第三件是时迁绳,前面有个挂钩,飞檐走壁少不了的。杨香武吸了一口气,纵身一跳,跳到三丈高的房子上,过了几重屋脊,往下一看,正是畅春园的界墙。他伸脚在墙上一点,稳稳落在地上。他四处窃听,听到里面有人说:"咱们要把这园子里的每一个地方都要细细地察看一遍,一个地方都不能遗漏。别误了差事。"杨香武想:"时候还早呢,这是外边巡查的。"又往里面进了几层院落,看见正北有一座大殿,大殿两边各有两个小厢房,里面全有灯光。两个太监走过来,一个对另一个说:"咱们把灯点上吧,一会儿就要来了。"趁两个小太监打开大殿的门、往里边去点灯的时候,说时迟,那时快,杨香武几个箭步,闪到门后面去了。小太监点亮蜡烛,屋子里一下子亮堂起来。杨香武一看房子顶上横梁很多,有许多阴影,正好可以藏身,就飞身上到屋顶的横梁上去了。从屋顶上打量这间屋子,只见正北面摆着一个长长的屏风,屏风上是一幅万里江山图。屏风前面是一张书桌,书桌上铺的是杏黄色的桌布,四角垂到地上,坠着四颗核桃大的夜明珠,金光闪闪。屋子四方都吊着个大烛台,上面一层一层的燃着白蜡。夜明珠的光和蜡烛的光照得整个大殿像大白天一样。这真是小偷进了紫禁城,看得眼睛发了花。

这杨香武正好是在房顶上的阴暗处,下面的人根本看不到他。大约一炷香的工夫,听见外面一个太监清了清嗓子,用个娘娘腔大声叫道:"万岁爷驾到!"一会儿就听到外面急促的脚步声。两对宫灯引路,进来了当今的万岁爷,走到那书案后面的蟠龙椅子上坐下来。两边各有两个小太监,从屏风后边走出来,一个捧着个白玉杯,上面有九条龙,玲珑小巧。另一个手里捧来果品糕点,放在书桌上。康熙爷端起酒杯,小饮了一口,放在书桌上,命宫人把那蒙古克勒亲王进献的《八骏图》呈上来。一会儿,就有宫人把宫灯挑高,迎出那卷轴画卷来。康熙爷离开座位,站在东边,太监在西边把画挑着。康熙爷把头低下去,一边仔细赏画,一边给身边的人解释说:"这头一匹是赤兔马,传说是三国大将吕布的坐骑。后来吕布被曹操擒住,这匹马就归了他。关羽被困在曹营的时候,曹操想收买他,就把赤兔马送给他。关公因此还给曹操下了一拜,这真是一匹千里马呀。你们再看这第二匹,这是一匹黄骠马。当年驮过唐朝的秦叔宝,秦叔宝在陕西潼关三挡叛将杨林,潼关外九战魏文通,走马取金堤,都是靠这匹马的力量啊,这是一匹好马。这第三匹马,乃是赤炭火龙驹,唐朝末年李存孝骑着此马飞过黄河,连破黄巢七十二座连环阵,十八骑人马,杀入长安,称霸为王。"那皇上正说到兴头上,这些太监也听得入神,哪里知道在头顶上藏着一个小偷呢。这赛时迁杨香武趁着皇上在前面看画,伸出那条长长的时迁绳,从房子顶上笔直垂下来,前边的钩子一钩,把九龙杯悄悄钩上去。杯子里还有半杯酒,杨香武一仰脖子,一口就喝干了。接着,把杯子放进布袋,溜到屏风后面,出房子找武成去了。

看官有所不知,杨香武能偷到九龙杯,一是因为他有一身本领,另一个原因也是皇上大意了。想这紫禁城侍卫几千人,宫门无数重,一只鸟想飞进去都难。所以时间一长,大家也就慢慢地松懈了。这些侍卫看起来人多,都是光吃饭不办事的,有什么差事都是相互推脱。不想也是机缘巧合,正好成就了杨香武入宫盗取皇上九龙杯的传奇故事。这九龙杯是皇帝的心爱之物,竟在眼皮底下不见了,这还了得。龙颜大怒,下令严查,结果黄三太成了替罪羊。到底是怎么回事呢?且看下回分解。

杨香武躲在横梁上观察屋子

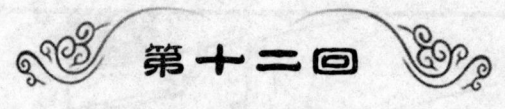

第十二回
皇上失杯怪三太
三太自投府衙门

上回说道康熙皇帝和一帮太监观赏《八骏图》，看画喝酒，才有雅兴。万岁爷说："看酒！"小太监回头去倒酒，哪里还有九龙杯。吓得忙跪下说："奴才等人刚才贪听皇上讲话，没有注意九龙杯，不知道哪里去了。"皇上一听，说："什么人如此大胆，竟然敢在朕的眼皮底下做这种见不得人的事情？来人哪，给我搜！"这下宫里的太监侍从可就惨了，都被罚在地上跪了一夜，要交代出谁偷的才放人。小太监们哭爹叫娘，就是说不清楚是怎么丢的杯子。万岁爷一时又气又恼，把个紫禁城都闹翻了天，一定要查出这九龙杯的下落。下令所有门上当值的人，无论是谁，都要严查。一直闹到天亮，并没有一点下落。有个吏部尚书王希上奏皇上说："据臣愚见，万岁爷的九龙杯竟然在大殿里丢失，并且臣等毫发无损。可能偷杯子的人并不是为钱财来的，而是想像黄三太那样留个名号。不知道万岁还记不记得十多年前的那个春天，万岁爷率臣等在南郊围猎，遇到绿林好汉黄三太。万岁爷皇恩浩荡，不但没有把他抓起来，还赏赐给他黄马褂。一定是他回去到处夸口，惹得各路绿林好汉羡慕，都想到京城来做一件非同寻常的事情,把黄三太比下去。万岁爷只要下令把黄三太抓来严刑拷打就知道答案了。"大家听到这里就会奇怪,这紫禁城里丢个杯子怎么和黄三太联系起来呢?即使是绿林好汉做的,也不应该抓黄三太来审问啊。看官你有所不知,这康熙爷可不是个普通人,是个英明的皇帝,哪里是玩物丧志的普通人。丢了杯子也不至于怎么样,而是他心里有另外一本账,拷问太监只是一个借口,却是有另外的目的。原来是因为近年来各地绿林好汉越聚越多,有的竟然敢公然和官府作对。康熙爷想借这个机会,把绿林好汉抓来杀他几个,让天下太平一些。王希是个聪明人,早就猜出了万岁爷的意思,所以才这么上奏的,这当然符合康熙爷的心思。皇上一听王希这么说,当然是满口答应。问:"这黄三太是哪里人氏?"有户部官员回禀说:"原籍福建台湾永河乡,现寄居在浙江绍兴府。"皇帝下命令说:"着绍兴府知府彭朋捉拿黄三太等人,查出九龙杯下落。"

原来这绍兴知府彭朋就是三河县县令彭朋,因为政绩卓著,升迁为知府大人,绍兴正堂。火牌文书到了浙江绍兴府,彭兴禀报了彭公。彭公心里想:"皇上下令捉拿黄三太,他是英雄豪杰,当年在三河县的时候,多亏他帮助我。我怎么能下得了手去抓他呢?"于是叫彭兴去请李七侯来商量。一会儿,李七侯到来,彭公把自己的想法给他说了。李七侯当然也不愿意去捉拿黄三太,但皇上的命令又不能违抗,无计可施。正在彭公和李七侯为难的时候,忽然听到家人来报,黄三太自己绑着双手,来衙门请罪来了。

一听这话，彭公吃了一惊。心里纳闷儿："黄三太怎么知道我们要抓他呢。"原来这黄三太打虎救驾之后，谁人不知，哪个不晓。这上面的公文一下来，早有人把消息报告给他了。黄三太琢磨着自己一把年纪了，不能为难了彭公和李七侯。于是叫家人绑了自己，自己上衙门里请罪来了。那彭公看看黄三太，只见他已经是满头白发了。黄三太跪在大堂之上，说道："罪民黄三太拜见大人。"彭公忙扶起他，说："恩公休要客气。不是我彭某人想拿恩公，是朝廷下旨要抓你。实在是心里惭愧呀！"那黄三太是个通情达理的人，回答说："大人千万不要有什么过意不去。罪民行走绿林多年，杀人无数，遭此厄运，是上天的报应。"彭朋连忙说："恩公休要这么说，我相信恩公是清白的。等天子的怒气消了，我一定奏明圣上，还恩公一个清白之身。"于是命人把黄三太暂时关押在头等牢房里。看官看到此处，恐怕在想，牢房怎么还分个三六九等呢？看官有所不知，人有三六九等，这牢房还真是有三六九等的。最好的牢房当然不受刑罚，还会享受牢头的伺候。这彭公给黄三太安排的就是这样的牢房。

且说彭朋这边把黄三太囚禁在牢房里，那边拟定公文，向上级呈报已经抓到黄三太的消息。王希看完公文，命彭朋将黄三太押解到京城，要进行三司会审。什么是三司会审呢？就是朝廷的三大审判机构，吏部、刑部和都察院，一起来审理大案要案。黄三太的案子与皇帝相关，当然是个大案，受到关注，所以要三司会审。

安排好府里的事情之后，彭公即带上家人押解黄三太往京城而来。到京城后,彭公先到刑部投了文,然后找个公馆住下来。过了几天,上面出来一纸告示,明日审问黄三太。第二天中午,吏部尚书王希、刑部尚书杜荣、都察院左都御史王鸿奎来到刑部大堂,彭公陪审。提出黄三太跪在堂前。杜荣问:"你叫黄三太?"黄三太答应说:"是。"杜荣说:"黄三太,本官问你。十多年前,你私自化装成朝廷命官,混进围猎队伍,打虎救圣驾。当今万岁爷赏赐你黄马褂,你回去在何人面前夸显过?从实招来,饶你不死。"黄三太说:"各位大人在上,十多年前,罪民蒙圣上不杀之恩,反而赐我黄马褂。罪民回到家中,将黄马褂供在佛堂之上,从此教子读书,再不与绿林中人往来,再不过问绿林中的事。请各位大人明察。"王希说:"我们且相信你。那本官问你,万岁在畅春园丢失九龙杯,你可知情?"黄三太说:"大人如同明镜高悬,我在家中待了这么多年,从来没有出过门,怎么知道九龙杯的事情啊?"这样审了半天,也没有问出什么破绽来。要知后事如何,且看下回分解。

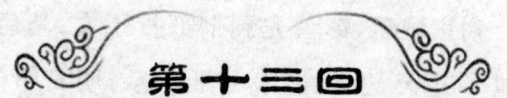

第十三回
黄三太设宴访杯
武成当众揭"真凶"

上回说道王希等人审理黄三太,问了半天,也没有问出个所以然。王希等人也是人中龙凤,当世名臣。看黄三太年高体弱,早就动了恻隐之心,有点可怜他,不忍心再审问,就商量给他一个台阶下。王希说:"黄三太,我等看你是个忠义之士,又有彭公作保。如果我们给你两个月时间找去,你能找回来的话,我们可以到皇上那里去保举你无罪。"黄三太说:"罪民叩谢各位大人。如果找不到,我黄三太甘愿受罚。"这黄三太当着朝廷命官夸下海口,让彭公惊了一身冷汗。因为这京城到绍兴来去也得二十来天时间,用来寻找九龙杯的时间只有一个多月,怎么可能在这么短的时间里找到九龙杯呢?因在大堂之上,又不好叫黄三太改口,只能在心中暗暗为黄三太叫苦。可一看黄三太面不改色,一点也不惧怕的样子,心里很想不通。

当天,黄三太就被释放。原来,这彭公是王大人的门生,早在王大人面前替黄三太求了情。为了救黄三太,王希才想出让黄三太找回杯子这么个办法。但是,没想到黄三太竟然当众夸口。也不知道他在两个月里能不能找回杯子,只能听天由命了。回到公馆，叩谢了彭公之后，黄三太就快马加鞭回绍兴去了。

回到绍兴，黄三太和他那个聪明绝顶的侄儿季全商量说:"贤侄，我在三司会审的时候一时心高气傲，夸口两个月之内找到九龙杯。这件事还得你出个主意啊。"季全说:"叔叔不用着急，我早想好了对策。我看这件事情的手脚，一定是道上的朋友做的。只要你以庆贺黄马褂为名，广发英雄帖，邀请各路英雄于八月十九日在舍下一聚。在酒席之间，一定会有卖弄这件事情的。我们再用言语激他，就会真相大白。"黄三太一听，觉得真是一条好计策。于是派家人去置办酒席，张灯结彩，仆妇都穿上新衣服，像过年一样。到了八月十九日这天，黄三太正在闷坐，忽听家人来报，各路英雄在门外下马。黄三太赶忙迎出去一看，只见外面三山五岳，水路旱路，高矮胖瘦，吵吵闹闹，大约有三四十位各路英雄。有认识的，也有不认识的，黄三太上去一一行礼。一会儿，外边又来了贺兆熊、濮大勇、武万年三位英雄，各带自己的儿子，从很远的地方赶来。黄三太带着季全、少爷黄天霸迎接出来。

大家见了礼，贺兆熊说:"老仁兄，我等听说你庆贺黄马褂，特赶来给你贺喜。濮贤弟、武贤弟，把侄儿领过来跟他们的伯父磕头吧!"贺兆熊的公子贺天保、濮大勇的儿子濮天鹏、武万年的少爷武天虬，三个年轻俊杰一齐跪下给黄三太磕了头。黄三太一见三个侄儿，都不过十六七岁，个个生得龙眉凤目，仪表不俗。黄三太提议说:"异性有情非异性，同胞无情非同胞。我看犬子黄天霸和三位公子哥儿岁数不相上下。不如结拜为异性兄弟，日后行走江湖也好有个照应。"于是季全安排了这四个小兄弟结拜为金兰之交。看官留心，这四人后来声震江湖，比他们的父辈名气还大。江湖人称"四霸天"。

大家入座以后，季全拱手说："各位江湖英雄，今天我叔父黄三太为庆贺黄马褂一事，邀请各路英雄相聚。想我叔父黄三太真是古今没有的英雄。镖打窦二墩，打虎救圣驾，或明劫，或暗盗，都是单枪匹马。江湖人士见了，哪个不心惊胆寒的？不是我夸口，敢到皇宫里去走一趟，拿个物件回来，都不能和我叔父相比。"这黄三太听到季全在众人面前夸赞自己，觉得有点过分了，但是明白季全的真正用意，所以并不去阻止他，听他在大家面前耍嘴上功夫。江湖好汉大多性子急躁，听季全这么一说，下面马上就有不服气的。只见武成站出来说："你这么说就是不对了。黄三哥一生行侠仗义，名声满天下，哪个不知道？但是山外有山，楼外有楼。我以前也不相信还有能比黄三哥本事大的。可是近来就听到一位，他不但敢一个人进入皇宫去，还敢一个人从当今皇上眼皮底下拿走皇上心爱的宝物。"这黄三太听他这么一说，早就忍不住了。他一下从椅子上站起来，走到武成面前单膝跪下，说："请贤弟受我黄三太一拜。"这武成一时手足无措，大吃一惊，忙扶起黄三太说："三哥快快请起，有话好好说。"黄三太说："我黄三太并不是要庆贺黄马褂，在众位兄弟面前显我的功名，而是我另有隐情啊。"黄三太于是把皇上丢失九龙杯、被抓到京城遭受三司会审的事情详细给大家讲了一遍。武成说："我在京城当值，也听说这件事情了，不知道三哥竟然受此牢狱之灾。今天赶来赴宴就是为这件事情来的，我知道这杯子并不是三哥你偷的，这是那赛时迁干的事情。刚才听到季全用言语激大家，我就猜中这是要找出真正的凶手吧。"武成于是把这件事的来龙去脉给众人详细讲了一遍。从他夸赞黄三太到杨香武不服气，发誓要做一件让天下人都知道的大事来，到杨香武盗得九龙杯，来找武成结束。听得众位英雄都暗暗称赞，十分佩服杨香武的胆识。黄三太忙问："那杨香武现在在哪里呢？"武成答道："黄三哥不要着急，杨香武听得朝廷张榜捉拿三哥，暗自惭愧。本来他偷盗九龙杯和黄三哥较量一下胆识，哪里想到竟然会牵扯到黄三哥，把你给害了呢？他自己知道太对不起三哥了，让我先来赴会，让大哥宽心。他去寻找九龙杯，送还大哥。"那黄三太一听，说："那贤弟的意思是，这九龙杯现在不在那杨香武手中？""对呀！"武成叹了一口气，然后说："这杯子被那杨香武不小心丢失在河北沧州的一个小店里面。"黄三太一听，大叫不好，忙问："那后来呢？杯子可有下落？"要知后事如何，且看下回分解。

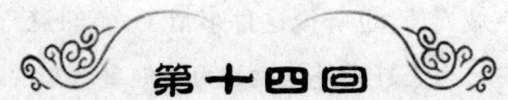

第十四回
玉杯失落避侠庄
"智盗"初探避侠庄

上回说道黄三太一听武成说杯子被杨香武丢在了沧州，大叫不好，忙问杯子下落。武成说："黄三哥莫急。后来我们多处查访，才知道这九龙杯几经转手，流落到淮扬避侠庄庄主周应龙手里。"黄三太一听，一颗悬着的心这才落下来。黄三太说："我因为很久不过问绿林中的事情，不知道这姓周的是什么样的人。我去求他将这杯子交给我，行吗？"濮大勇说："三哥你不知道，这周应龙是淮扬水路新立门户的脑儿，现在淮扬一带的苏州、松江、常州、镇江的水路都被他把持。他居住在离扬州三十里的避侠庄，人称金翅大鹏。"黄三太问："在座的兄弟可有和他有来往的，能不能帮我去走一趟？"人群中走出无羽箭刘世昌，说道："我与那金翅大鹏周应龙倒是有些往来。不过，恐怕是求不来这九龙杯的。"为什么刘世昌说求不来九龙杯呢？这周应龙到底是个什么样的人物呢？刘世昌说出原因，不是他不愿意去卖张脸，而是那周应龙有个怪毛病，他最喜欢收藏天下的珍奇酒杯。这九龙杯乃是杯中的圣品，他花了不少气力才得来，一定不肯拱手相让。又有一个好汉朴刀李俊说："黄三哥，不如我们众兄弟围了避侠庄,把那个周应龙抓住,逼他交出这九龙杯来。你看怎么样?"刘世昌说:"李大哥,你有所不知,这金翅大鹏周应龙可不是一般人物。他不但武功了得,使一对索命金铜,还练就一身飞檐走壁的轻功。挥动双铜腾空而起的时候,就像展翅高飞的大鹏鸟。手下有四个智勇双全的头领,还有二十多名绿林中人,各分一处,谋财害命。这还不说,这个避侠庄也不是一般的深宅大院。为了保护这些宝贝,周应龙在里面布置了十二道机关,有绳绊脚、弩箭自发、夹壁墙,还有阴阳生死壕沟。闯进避侠庄的人,没有一个能活着回来的。周应龙一得到杯子,一定把它藏在避侠庄里,恐怕我们是没那么容易得到杯子的。"

谁知这武成听完大家的议论,哈哈大笑说:"解铃还须系铃人。大家知道,这九龙杯是杨大哥从皇宫禁地里面盗出来的。那可是鸟都飞不进去的地方。这周应龙的避侠庄再厉害,也比不过紫禁城吧!杨大哥能有本事从紫禁城把杯子找回来,就有这个本事从避侠庄里弄出来。大家不必操心,杨大哥早已打听到这杯子的下落,说三天之后必定拿杯子回来交还给黄三哥,向黄三哥赔罪。估计现在就在去往避侠庄的路上。三天之后,必有消息。"众人听说这话,心想这杨香武真是条汉子,竟敢独自去闯避侠庄。哪知这杨香武是去智取,不是用武功去强夺呢。

且说这杨香武打扮成朝廷命官,外罩青绸袍褂,脚蹬官靴。自己雇了一顶小轿,到避侠庄门前下轿。门上有人伺候,杨香武对那看门人说:"麻烦你去禀报你家老爷,说有绍兴府漕运司参将杨香武来拜。"家人回报进去。这漕运司是管水路的,周应龙是长年在水码头混的人,一听漕运司来人了,赶忙迎接出去。周应龙出门来,一见杨香武一身官服,心里有点害怕,心想自己怎么惹了官府的人呢。正在寻思的时候,听见杨香武说:"本官久仰周寨主大名,名震乾坤,特来拜见!"周应龙赶忙回话道:"草民不敢。承蒙大人错爱,远道而来,令舍下蓬荜生辉。"又说:"大人请。"把杨香武让进大厅。杨香武看那屋子正面墙上挂着一幅名人图画。图画两边是两副对联。画下面摆着一张花梨木条案。条案两边是两张太师椅。两人依次落座。周应龙问:"不知大人此次前来有何公干?"杨香武说:"本官前来没有别的事情,只是有件小事还得劳烦老兄帮忙。"周应龙赶忙欠身说:"不敢不敢。大人只管说话,我周应龙一定答应。"杨香武说:"只因近来皇上的心爱之物九龙杯不见了,下旨在全国范围内搜查九龙杯的下落。本官明察暗访,知道寨主近日得到这九龙玉杯。下官请求你将这杯子还给下官,下官好回去复命。"周应龙一听,心里想:"他倒是消息灵通,但这杯子我好不容易才搞到手,怎么能轻易就给他呢?说得倒轻巧。"于是勉强装着笑脸说:"大人,草民百张嘴也说不清了啊。我真的没有得到过什么九龙杯,连听都没有听说过那九龙杯是什么东西。"杨香武一拍桌子,大声吼道:"大胆,本官得到的消息怎么会是假的?你还是老老实实把杯子交还给我吧,要不然,别怪本官不客气了。"周应龙是个服软不服硬的人,一看这杨大人发了火,也索性跟他拼个鱼死网破。于是也毫不客气地说:"大人你这么说就不是了。我已经告诉你从来没有得到过这个九龙杯，你也别拿皇上来压我。我周应龙岂是怕事的人。就是皇上亲自发官兵来要九龙杯，我也不怕。"杨香武见周应龙也不是个好对付的人，不能硬来，心想只有趁晚上来盗才行。于是假装很生气似的说："周应龙，本官说的话句句是真，你就是现在给我，我也不要了，告辞!"周应龙说："不送。"那杨香武一出一进，早已暗中察看好了避侠庄的地形，并一一熟记在心中，准备晚上来暗取九龙杯。

到一轮明月升上天空的时候，杨香武带上他的百宝囊，穿上夜行鞋。他走近避侠庄的后面，选了一处比较矮的围墙，纵身一跳，飞身上房，在屋脊上走了一圈，详细察看了一下地形。这避侠庄是前后两套院子，后院和前院之间隔着一个花园。杨香武在房子上看见各处小门都有人把守，而且这些房子草木都布置得和一般人家不同，疑心有暗器机关，心想今晚要得手，恐怕是一件很难的事情。也该杨香武成功二盗九龙杯，正好发生件小事帮了他。要知是怎么回事，且看下回分解。

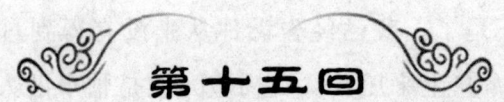

第十五回
"小偷"大闹避侠庄
"大侠"二盗九龙杯

上回说道杨香武正在房子上犯难，进又进不得，退又退不了。忽然看见有两个丫鬟从花园旁边的小道旁边走过，嘴里在小声地说着话。杨香武仔细一听，听得她们在议论寨主的事情，这一听，听得杨香武一阵暗喜，心里高兴得不得了。不知道看官还记不记得，上文我们说到过，这杨香武有千里眼顺风耳的功夫，这是偷盗的人出道的时候都要苦练的一种招数。这顺风耳是专门用来偷听别人说话的。即使声音再小，在一里远的地方都能听得清清楚楚。原来杨香武仔细一听，听到一个丫鬟对另一个说："平时看老爷是个威震天下的汉子，原来也是个怕老婆的人呢！"另一个说："真是，你看夫人一句话，她要看管九龙杯，老爷就怕了，真就把杯子交给了她。"一个笑笑说："老爷把这杯子放到机关重重的夹墙里，安全得很。夫人什么功夫也没有，岂不是给老爷添乱吗？"另一个说："夫人这么厉害，老爷十分害怕，也是没有办法啊。咱们别说了，得赶快去见夫人。迟了的话，一会儿夫人该要打我们了。"这两个小丫头没想到隔墙有耳，在那里议论几句话，却帮了杨香武的大忙。听完两个丫头议论，杨香武知道了她们庄主要把那九龙杯交给他的夫人保管。一会儿工夫，就见周应龙领着两个丫头和几个精壮汉子从这过道旁走过，周应龙手里捧着一个托盘，上面盖着一块红绸布。这就是九龙杯了，杨香武暗想。于是跟在他们后面，一直跟到南边一处厢房。听得那周应龙说："夫人，这九龙杯就放在你这里了，你可一定要看好。今天这漕运偏将竟然要来夺我的杯子，我怎么肯轻易就还给他。就是皇上亲自来取，我周应龙也不答应。"听见那周夫人说道："放在我这里你都不放心？"周应龙答道："不敢，夫人。有夫人看住这杯子，我是一万个放心。"他们夫妻说了一阵话后，就看见周应龙领着手下都走出厢房。那杨香武轻轻走到窗下，用唾沫把窗户纸捅个小窟窿，向里面窥看。只见那周夫人四十左右，全身上下珠光宝气。她正吩咐那丫头将那九龙杯放进一个木匣子里，放在枕头下的一个暗箱里面。杨香武从百宝囊里拿出铜牛，朝里面放了鸡鸣返魂香，只见这香气慢慢飘进屋里。等不多时，那周夫人和那丫头都昏睡过去。

杨香武翻身进屋，打开枕头下的暗箱，取出小木匣子，拿走那九龙杯。谁知刚拿在手里，屋子四周就放出冷箭，幸亏杨香武眼疾手快，躲过几箭。这时候，外面好像响起了吵闹声。杨香武知道这些机关都是相互连接的，只要一处动了，四处都会发出声响。只听到外面传来声音："给我搜。通知各处门道，严加看守。"杨香武一听，知道已经惊动了周应龙。前院是出去的必经之地，现在到处布满了人。刚才进来的时候，很多门道都是黑乎乎的，正好隐藏。现在各处都点上了灯,照得整个避侠庄灯火通明,跟白昼一样。杨香武想,现在自己就跟秃头脑袋上的虱子一样,明摆着啦。飞身上房也不可能,出得了后院却出不了前院,怎么办呢?难道今天要被困在这里,被天下人耻笑吗?眉头一皱,计上心来。

且说那周应龙和手下众兄弟正在前厅传令庄上各处严查闯进来的盗贼,忽然听见房上"扑通"一声,掉下一个东西。周应龙手下四个头领冲上去,将那东西踩在脚下,口中说:"拿住了。"周应龙提起铜锣敲了几下,四边的绿林好汉都拿着兵器冲上来。仔细一看,原来是一卷被褥。打开被褥一看,里边是一个赤身裸体、一丝不挂的女人。周应龙走近一看,叫道:"羞死我也!"抱起那女人就跑。

原来杨香武一想,不如来个声东击西的招儿。他把被熏昏的周夫人衣物脱去,用被褥包裹,从房子上扔下来。这避侠庄出了这么个事,早乱成了一团,四处看守的都跑到这边来看热闹,门道的守卫就疏忽了。杨香武大摇大摆地穿过厅堂,出避侠庄而去。

这边黄三太等人还在庄中焦急地等待。有人说:"现在已经过了三天了,还不见杨香武的影子,莫不是被那金翅大鹏给抓去了?"正在说话,忽听门人来报说:"禀报庄主,杨香武求见。"黄三太一听,说:"快快请进来。"杨香武带着那九龙杯笑着走进来,见到黄三太,单膝跪下,说:"小弟给黄三哥你赔罪了。我本来想盗取九龙杯显显我的本事,没想到竟然害苦了三哥。我真不知道怎么说好。现在我把九龙杯又偷了回来,送还给三哥。希望黄三哥你大人不计小人过,原谅小弟。"黄三太说:"贤弟快快请起。我等绿林中人,在江湖上行走,靠的就是一个'义'字。贤弟能只身潜入紫禁城,取得皇上的心爱之物九龙杯,让我等大开眼界,大家都着实佩服贤弟的胆识。现在贤弟又深入虎穴,夺回丢失的九龙杯,让我能面见天子,将玉杯送还,应该感谢才是。"一番话说得杨香武十分感动,后悔当初莽撞行事,才会惹来这个祸害。

此事完结之后,众位英雄在黄三太家庆贺一天,然后都散去。黄三太和杨香武带着九龙杯,日夜兼程,赶到京都刑部衙门去复命去了。但是这一去,并没有轻松结案,反而又惹出杨香武第三次盗取九龙杯来。要知后事如何,且看下回分解。

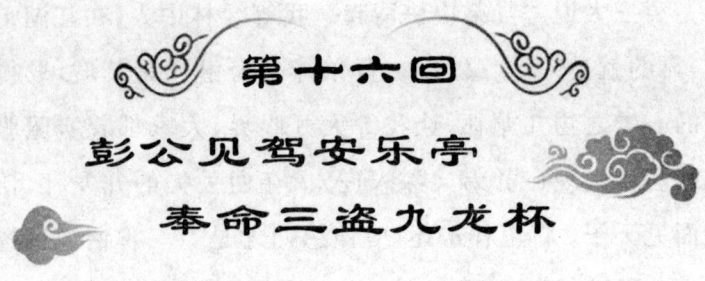

第十六回
彭公见驾安乐亭
奉命三盗九龙杯

　　到了京城刑部衙门，这时候彭公已经由绍兴知府升任刑部右侍郎。黄三太和杨香武见到彭公，详细交代了事情的原委，到刑部投了公文，将九龙杯归还给刑部，本想着事情就这么了了。谁知皇上下旨说："朕因失去心爱之物九龙杯，命黄三太找回九龙杯。没想到天下有这么超常的奇异之人，能够在朕的眼皮底下偷走九龙杯。着刑部右侍郎彭朋带黄三太和杨香武进畅春园来，朕要亲自见见这些奇人异士。"

　　皇上旨意下来，次日五更，彭公带领他二人去紫禁城面见万岁。一路上，彭公对二人嘱咐说："皇上乃是仁慈之主，可比尧舜。你二人见到，照实说话就行。皇上可赦免你们。"他们在宫门外等候多时，听见宫里太监宣三人进殿。到了安乐亭，那里是皇上办公的地方，四处金碧辉煌。文武百官肃立两旁，还真不少。二人战战兢兢，跪在地上，口称："万岁万岁万万岁！草民黄三太、杨香武叩见皇上。"行了三跪九叩之礼，皇上说："杨香武，你把盗杯的事情细细说给朕听。"于是杨香武把与朋友谈论英雄黄三太，自己心里不服，到深夜潜入皇宫盗取九龙杯，再到暗进避侠庄，二盗九龙杯的事情给皇上详细讲述了一遍。上文说了，康熙皇帝并不是要黄三太去找回杯子，本来是要借这个机会除掉这些绿林草寇。现在见到九龙杯被找回来，没有杀他们的借口。又见黄三太已经是满头白发，又多年不问绿林中的事情，实在是不忍心杀他。于是开金口说："诸位爱卿，现在杯子已经找到，你们觉得朕应该怎么处罚他们呢？"王尚书说："臣王希启奏陛下，论法令应该把他二人斩首示众。但是黄三太年事已高，又找回了九龙杯，可以释放回家，从此不能再过问绿林中的事。杨香武私自到紫禁城偷盗九龙杯，理应处斩，但相信皇上不忍心杀他，可发配充军。"话没说完，只听木苏王爷说："万岁！臣认为杨香武妄奏不实。这紫禁城守备森严，他怎么能够盗得去九龙杯？万岁爷把九龙杯赏给微臣，臣把它放在家里，如果他明天早上五更之前能够盗得九龙杯，就证明他说的是实话，皇帝可以把他释放。如果他盗不去九龙杯，就说明他说的是假话，两罪可以罚成一罪，立即处斩。"康熙皇帝是个仁慈之主，觉得木苏王爷说得有理。于是吩咐宦官把九龙杯交给木苏王爷带下去。皇上龙袍一摆，回后宫去了。黄三太和杨香武也随彭公回公馆去。

赛时迁杨香武派人请来武七鞑子武成，对武成说明了面见皇上的情况。然后对武成说："贤弟，现在只有你能救我性命。"那武成说："我等都是结义兄弟，还分什么彼此。杨大哥只管吩咐。"杨香武说："木苏王爷有意为难我，让我在明天鸡叫之前，盗取九龙杯，不然死罪难逃。我想贤弟在木苏王府上当差，对王府十分熟悉。只有你能帮我得到这九龙杯了。"

武成说："杨大哥不用客气,我一定助你一臂之力。王爷府中有一个万宝楼,是王爷收藏稀世珍宝的地方,里面机关重重。外人进去,不能活命。我猜想王爷肯定会把九龙杯放在万宝楼。"杨香武说："那该如何是好?"武成道："我已经弄到一张万宝楼的图纸,内部结构一目了然。杨大哥只需要按照图纸上的指示去盗取九龙杯即可。"杨香武一听,心中大喜。再约定一个会口技的艺人,给了他一些钱,让他在四更的时候学公鸡打鸣。

到了晚上月亮升起的时候,杨香武就按照武成图纸上的路线,施展飞檐走壁的功夫,来到万宝楼上。只见万宝楼共有七层,飞檐斗拱,高耸入云,顶上吊一口几米长的吊钟,十分气派。显然王爷已经布置了重兵把守,透出一股朦朦胧胧的杀气。此时窗户都打开着,每一层都亮着灯光,第七层里灯火尤其明亮。杨香武飞身上到第七层,倒挂在飞翘的檐角上,从窗户往里面一看,见九龙杯就摆放在正中的案子上。旁边焚一炉香料,香烟慢慢向上升腾着,十分安静。木苏王爷和另一个门客模样的人正在那里下棋,周围站着几个武林高手。杨香武一直倒悬在挂钟旁边,从远处看,根本看不出来。等到快四更的时候,王爷和手下的人都累得不行了,议论说："这杨香武怕是不会来了。他一定是撒谎的,我当奏明皇上,论他死罪。"忽听远处鸡鸣声四起,王爷心想五更已经到了,叫手下撤去。王爷也回去休息,准备天亮上奏皇上。这时候,四下无人,杨香武早已看清楚九龙杯放在什么地方,翻身下去,很轻松就拿到了九龙杯。木苏王爷回到王府,看看家里的挂钟,分明是凌晨四点。正在纳闷儿的时候,忽听有人来报,说杨香武送来一张纸条。王爷打开一看,气得七窍生烟。原来上面写的是:王爷英明,派如此重兵把守万宝楼,使我杨香武靠近不得。但是不知道王爷为什么要在四更的时候就撤离呢?草民杨香武已经在五更之前拿到九龙杯,请奏明皇上,赦免草民无罪,草民无礼了。看官有所不知,这杨香武请的会口技的人在外面学鸡的鸣叫,引得其他各处的鸡都鸣叫起来。本来木苏王爷就已经很困乏了,在这个时候就大意起来。杨香武正好利用这个机会盗得了九龙杯。第二天,面见皇上的时候,木苏王爷输得心服口服,奏明皇上,可以赦免杨香武死罪,但活罪难逃,充军一年,以示惩罚。黄三太自回绍兴。彭公则因为办案得力,加赏一级。也是彭公官运发旺,被授河南巡抚,就是一个省最大的长官了。同时皇上还命人搜查避侠庄,拿获周应龙,为地方除此恶霸。谁知绍兴新任知府办事不力,周应龙和他的党羽一个也没有捉住。他们逃到河南地界的紫金山收聚盗寇,占山为王,无恶不作,地方上奏朝廷,请求下旨剿灭。朝廷下旨,让彭公负责查办。要知后事如何,且看下回分解。

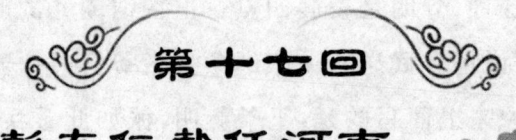

第十七回
彭友仁赴任河南
元通观道士行凶

　　上回说道彭公授任河南巡抚,奉皇上之命查办周应龙一案。谢恩过后,彭公带上管家彭兴、书童鹤鸣等人走马上任,白马李七侯护送彭公等人。在路上正好是三月天气,春风送暖,桃花开放,万物萌发。那天走进河南地界,一问路人,说前面就是紫金山一带。彭公心想:"本官既然到这里来了,不如周围寻访一回,看看是什么情况。"于是让管家等人带着行李先去巡抚衙门报到,自己和李七侯每人骑上一匹白马,身穿便衣,暗中走访,了解民情。忽然云生西北,雾起东南,细雨绵绵。彭公问李七侯:"哪里有可以避雨的地方?"李七侯抬头一看,前面云雾漫漫,山腰间坐北朝南有座古庙,只有庙顶露出在繁密的树木之外。于是回答说:"大人,前面有座古庙,躲一会儿怎么样?"大人说:"好,过去看看。"他两人驾马来到庙门前,只见禅堂、配房不少,心想是个香火很旺的大庙呢。彭公下马,来到庙门,命李七侯前去叩门。彭公看那庙门匾额之上,写的是"敕建元通观"。彭公见山门上写着一副对联:

　　　　天雨虽宽,不润无根之草;

佛门广大,难度不善之人。

原来是个道观。那李七侯敲了几下门,只听里边问:"哪位叫门?"哗啦啦把门打开,原来是一个十一二岁的道童,戴着一顶破斗笠,头上绾着高高的牛心发髻,横别银簪。他斜着眼睛问:"找哪位?"李七侯笑着说:"在下是过路人,在路上遇雨。求童子回禀庙主,让我们在这里借个地方避避雨行吗?"童子说:"你二位把马拉进来吧。"彭公把马交给李七侯,李七侯将那马拴在院中的一棵老松树上。道童说:"二位东屋坐吧,我去回禀师傅。"说完转身往后边院子的铁塔里面去了。

外面那雨越下越大,彭公和李七侯坐在东边厢房里,等那观主。猛抬头一看,从外面进来一个妇人,生得妩媚动人。那妇人身穿一片白,素服淡妆,年龄三十开外,往后走去。彭公说:"李壮士,我看这座道观似乎有点古怪,你看那妇人往后边走去了。"李七侯往后面看去,瞧着那妇人往后边去了,感到十分奇怪。李七侯说:"大人,让在下去探个虚实。"正起身要出去,听见外面来人了。

进来的是一个老道,头绾发髻,手拿拂尘,身穿蓝布道袍。仔细一看,面如紫玉,紫中带黑,透出一股杀气。老道士走进来,抖一抖手中的拂尘,说:"贫道马道元,给二位施主请安了。请二位施主在元通观喝口茶,等雨停了再走。"然后命小童把那壶最好的碧螺春拿来给二位施主。彭公和那李七侯也说些客套话。二人端起茶杯,饮了几口茶,然后说:"道长请自便。"道长转身出去,李七侯暗中跟在身后。走了一段路,他突然觉得天昏地暗,眼前一黑,倒在地上。

道童将彭公和李七侯迎进屋里

　　等他醒来的时候,看见彭公和自己被绑在一起,好像是在一个柴房里。没过多时,门开了,那个老道士走进来。彭公道:"你是什么人? 竟然敢在我们茶碗里下迷魂药,将我二人绑起来,你是想谋财害命还是干什么?"老道士哈哈大笑说:"我马道元你们没听过吗? 专门发那过路人的财。若不留下买路财,一刀一个土里埋。我看你二人穿着打扮不像是普通人,包袱里就是没有银子,快说,你们把那银子都放在什么地方? 今天要是不说,我马道元就将你俩千刀万剐,让你们生不如死。"看官有所不知,当日这彭公安排管家彭兴先去衙门报到,怕路上遭抢劫,就把贵重东西都让他带到巡抚衙门去了,身上只留些吃茶喝酒用的散钱。这恶道士马道元一阵乱搜,就是找不到贵重东西。因此想等他两人醒来细细盘问。

　　李七侯一听这道士的话,破口大骂,说:"马道元,你这个鼠辈。我们早知道你这道观有见不得人的事情。趁早放了我俩,要不然,叫你死得难看。"马道元一听,气也上来了,说:"你竟然敢辱骂老道,你还嘴硬。不如我也不要你们的银子了。我就将你俩就地活埋了吧。"说完,使唤那小道士将那挖土的铁锹拿来。李七侯一听,说:"且慢动手,我实话告诉你吧,我乃是白马李七侯。这位正是那朝廷命官河南巡抚彭大人。赶快放了我们。"李七侯本想说出真实身份,救两人一命。谁知无巧不成书,这个马道元和那紫金山的金翅大鹏周应龙竟然是一伙的。紫金山方圆几百里范围,白道黑道,都被那周应龙控制了。

马道元一听，心中想："原来这就是彭朋和李七侯。我听周大哥说，这彭朋等人为夺九龙杯，害得他家破人亡。周大哥一直要找寻这两个人报仇雪恨。真是踏破铁鞋无觅处，得来全不费功夫。我把这两个人押到紫金山上去送给周大哥，周大哥一定会重谢我。"于是说："原来你就是那狗官，金翅大鹏周应龙已经寻找你们多时了。"彭公道："原来你们是周应龙的同党。我告诉你吧，那周应龙在紫金山公然招兵买马，与朝廷对抗，还在那里谋财害命。当今皇上已命本大人严厉查办，将他一伙人剿灭。你还是赶快弃暗投明，本官奏明朝廷，可饶你不死。"马道元一听，说："我岂是个怕死的人。那周应龙大哥对我有恩，我即使肝脑涂地，也要报答他。"李七侯道："我看你是一条好汉，也是个有恩有义的人，为什么执迷不悟呢？你要再这样，恐怕我们也保不了你了。等我二人出去，定将你和周应龙碎尸万段。"谁知这话竟然惹恼了马道元。要知后事如何，且看下回分解。

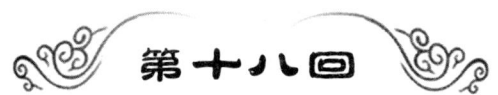

第十八回
临危难义士救主
彭公定计元通观

　　上回说道李七侯的话激怒了马道元，只听他大怒道："你这李七侯，我早在江湖上听说你投靠官府，勾结官府杀害绿林同道中人。今天你已经被我绑住，还要在这里口出狂言。不如我先杀了你。"李七侯道："我李七侯岂是那贪生怕死之辈？你既要杀我，我也没什么好说的。只是有一事相求。"马道元说："说来我听。"李七侯道："这位彭大人是我的恩公，你取我的脑袋不要紧，恳请你不要加害于他。"彭公一听，说："马道元，你不要做这伤天害理的事，你要做了，我彭朋定不饶你。"马道元说道："也好，我看你也真是一个汉子，我答应你。"于是解开绳索，将那李七侯拖到空地。当他举起大刀，就要砍向李七侯的时候，突然门开了，闪出一个七尺高的少年，从背后一刀将那道士马道元劈成两半。那人走上前来，替二人松绑。然后跪在地上说："草民拜见彭大人。草民来迟了一步，让大人受惊了。"彭公说："壮士请起，不知壮士是何方人氏，救了下官一命？"这少年回答道："在下名叫张耀宗，今年十九岁。"原来这少年乃是那浙江绍兴府张家集人。父亲张景和是当地镖行有名的武术教头，膝下有一儿一女。

儿子叫张耀宗,江湖人称玉面虎。女儿叫张耀英,江湖人称侠良姑。张景和只收过一个徒弟,复姓欧阳,名德,人称小方朔。他将毕生所学的武功都传授给了欧阳德。后来张教头过世,兄妹二人被师兄欧阳德抚养成人,并传授他二人武艺。欧阳德出门访友,已有半年没有音讯。张耀宗在家里坐立不安,怕他师兄出什么事,便把家中的事情都交给管家张福管理,自己出门来各处访查。他在江苏找过,没有找到。后又来到河南寻找。最近走到这元通观一带,听说附近有个道士马道元在此处强抢民女,无恶不作。准备来元通观杀死马道元,为老百姓除害。刚才看到马道元鬼鬼祟祟进了柴房,心想他是不是又把谁家的少妇长女抓来了。他就一直跟着,在柴房外面偷听。一听彭公和李七侯的话,才知道他这回要害的不是女人,而是巡抚大人和李壮士。

三人出来,走到后院塔楼去寻找刚才那女子。看见在塔楼一层屋子中间有个铁笼子,里边关押着一个面色苍白、身体虚弱的老人,他的手脚都被铁链子锁住。那女子从铁丝缝隙往里面递吃的东西。看见几个生人进来,她转身就跑。张耀宗一只老鹰捕食,一把抓住那个女子。铁笼子里的老人跪在地上,哀求不要伤他的女儿。彭公命李七侯把那笼子的铜锁撬开,救出老人。老人和那女子拥抱在一起,大哭起来。彭公道:"二位不要哭,我是河南巡抚。告诉我出了什么事情,我可以帮你们讨回公道。"

二人一听,忙跪在地上。那老人一边落泪,一边说道:"大人一定要为草民主持公道啊。我本是这元通观附近蔡家庄上的人，早年在外经商，有些财产。妻子刘氏早死，生有两个女儿，大女儿叫蔡金花，因死了丈夫，在娘家守寡。二女儿叫蔡银花，今年十七岁，还没有出嫁，现在家里。只因这元通观的观主马道元见我大女儿生得相貌好，就到娘家把金花抢到这元通观。我女儿不从，以死反抗。他就想出一个毒计，把我抓到这里关押在笼子里，戴上脚镣手铐。一天三顿让金花送饭给我吃，让我活命。如果金花不依从他，他就杀死我，可怜我女儿金花只能依从他。谁知这祸事还远远没有结束。近来听说紫金山上来了个金翅大鹏周应龙。这元通观的马道元与他臭味相投，有些交往。听说周应龙与知府彭公对抗，被查抄了庄子，家室都不要了，一个人从绍兴避侠庄逃出来。为讨好周应龙，他硬要把我二女儿蔡银花送给那金翅大鹏周应龙作压寨夫人。可怜我二女儿银花才貌双全，自幼在家读过《女书》，学过《烈女传》，针线女活样样都行，却要被送去做那压寨夫人。"说完又大哭起来。彭公问："当地衙门怎么没有管问这件事呢？"老人家回答道："只因这里的知府大人是一个叫武奎的人。他本是一个秀才，后来又攀上朝廷的索奈亲王为义父，在此任内搜刮地皮。他被那马道元用金银买通。我们告了几次，状子都被拦下来，还被恶人毒打一顿。真是喊天天不应，下地地无门啊！"彭公说："真是天大的冤情啊。老人家，本官回到衙门，一定为你严惩恶人，洗却冤情。现在马道元已经被张壮士杀死，只是周应龙还逍遥法外，祸害人间。本官正在微服私访，探察这周应龙犯下的罪行。只有得到你们的帮助，我们才能除去这个祸害。"父女二人点头答应。

彭公命李七侯先掩埋好尸体。张耀宗说："大人，马道元一死，周应龙迟早会知道，不如将计就计，杀上那紫金山。"彭公一听，说："只是我们人少，势单力孤。经过我和李七侯多方打听，听说那周应龙在紫金山上聚集了几百个贼寇。还在各险要地方修筑了防御工事。恐怕连上山都困难，更别提杀周应龙了。"张耀宗说："大人，我有一计，保管大人可以轻松捉住周应龙。只是实行起来有些困难。"要知道这张耀宗献上什么妙计给彭公，可轻松擒住金翅大鹏周应龙，且看下回分解。

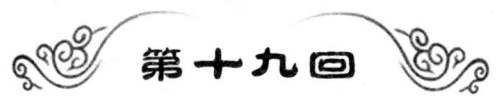

第十九回

引蛇出洞献妙计
道童勇送鸡毛信

上回说道张耀宗献出妙计,要将这周应龙一伙一并擒获。彭公说:"张壮士有什么妙计? 只管说来我听听。"张耀宗说:"大人,我们可派人去紫金山上替马道元送信。告诉周应龙,蔡老汉已经答应把二女儿蔡银花许给他做压寨夫人。只是有个条件,必须他亲自下山来,八抬大轿,敲锣打鼓迎娶才行。等那周应龙下山,大人再派人到巡抚衙门送个信,叫都司带兵来支援,在蔡家庄设下埋伏。拜堂成亲之时,乘他们不注意,来个里应外合,将周应龙和他的党羽包围,一并拿下。再让周应龙派人上山送信,就说寨主迎亲酒醉,路上遇到拦路贼,要山上的人倾巢出来接应。骗出紫金山老巢的所有人,将他们一并抓获,紫金山就成了一座空寨,再阴险毒辣的机关暗器,恐怕都失去作用了。大人,你看怎样?"彭公说:"真是一个引蛇出洞的妙计。只是依张壮士所说,必须要那蔡银花假扮成新娘子,去引那周应龙下山。这一来恐怕蔡银花会有生命危险,我看这计策不可行。"张壮士说:"大人不必担心,我给大人推荐一个人选,保管这事可以成功。"彭公忙问:"是什么人? 说来我听。"张耀宗说:"在下有个妹妹叫张耀英,刚才跟大人提起过。她从小习武,本事了得。不论男女,一般人都不是她的对手。年龄和这蔡银花不相上下,正好可以假扮蔡银花深入虎穴。"彭公问:"那张耀英现在何处?"张耀宗说:"我昨天收到家人送信过来,说是我妹张耀英见我久出不归,也到这紫金山一带找我来了,说是三五天之内必到。我可托朋友去寻访,很快就能相见。大人可以派一人先去紫金山报喜,让紫金山寨主五日之后派一些人下山来蔡家庄娶亲就是。"彭公一听,说:"真是妙计啊!只是让谁去紫金山送这个信呢?"大家一想,好像都不合适。要是张耀宗去,怕是暴露了身份。要是派一个他们不认得的人去,恐怕那周应龙是不会相信的。让谁去合适呢?这可是这个计策能否成功的关键。大家寻思一回,没有答案。

正在这时候,听见一个孩童的声音:"各位大人,要是你们信得过我,我愿意去为大家送这封信。"大家循声望去,原来是那小道童。他走过来说:"小童给各位师傅请安了。"彭公说:"你一个小孩家,这么有心计。家在哪里,为什么要在道观帮马道元这恶人干坏事呢?"小道童听完,跪在地上说:"求大人饶命。小的自幼父母双亡,被这元通观的观主无尘真人收养。师傅待我像自己的亲生孩子一样,教我参禅悟道,练习武术。后来,有一天,来了一个姓马的人,就是现在的马道元,这是师傅给他取的道号。他因为犯了奸淫之罪,被朝廷捉拿。于是逃到这元通观,苦苦哀求师傅收留他。只因为我师傅是个一心向善的人,见他十分可怜,于是就把他收留。一开始他还十分虔诚修身,做出十分改邪归正的样子。可是时间一长，他就露出本来面目。师傅年事已高，不多久就升天了。升天的时候，师傅已经感觉那马道元凡心未了，嘱咐我寻找一个可靠的施主，还俗罢了。"彭公问："那你为什么一直没有还俗呢？"小道童回答道："大人有所不知，自从师傅了却凡尘之后，马道元就原形毕露。他将我看管在这里，除了帮他下山办事，不准踏出山门半步。每天劈柴烧饭，变成了他的一个苦力。他做的许多伤天害理的事情，我都看在眼里，就是没有地方去告发。只能在这里先忍气吞声，做牛做马。我逃了好几次都被抓回来，被那马道元毒打。"说完他撩起衣服袖子，果然见手臂处全是淤血的伤痕。彭公感叹道："看你小小年纪，就遭受了这些非人的磨难，还这么坚强，真是了不起啊！"小道童听彭公赞叹自己，"扑通"一声跪在地上，说："如果大人不嫌弃我呆笨，我愿意跟着大人，给大人牵马，求大人带我离开这里吧！"彭公一听，赶忙扶他起来说："我看你十分聪明可爱，早想收留你。你就做我的义子吧，叫彭义。我回去禀明宗族，把你的姓名谱进彭家的族谱中。"彭义忙磕头谢恩，蔡老汉和李七侯等给彭公贺喜。彭公又说："只是这马道元的书信周应龙怕是能认出来笔迹。让谁来写这封书信呢？"彭义答道："义父大人不必心急，我有办法。我平日里曾留心观察，这个马道元好像不会写字。"彭公问道："那你可知道他和周应龙是通过什么联系的呢？"彭义说："凡有重要事情，他每次都派我去给周应龙送一封鸡毛信。信里其实并没有内容，要对周应龙说的话，都让我记在心里。"彭公说："看来也该他周应龙命不长久。上天分明是派彭义来帮助我等来了。"然后,彭公让那李七侯带上皇上御赐的金牌回巡抚衙门去调兵,约定四天之后在蔡家庄会合。一切都布置好以后,众人锁好山门,随彭公往蔡家庄去了。到了蔡家庄外,彭公命蔡老汉带他女儿先回去,吩咐不可走漏消息。并派彭义带上鸡毛信去紫金山报信,请周应龙派人下山迎亲。自己和张耀宗在去往蔡家庄的要道口挑了一处客栈住下来,等候李七侯带救兵前来。要知后事如何,且看下回分解。

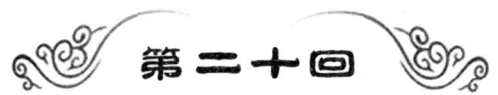

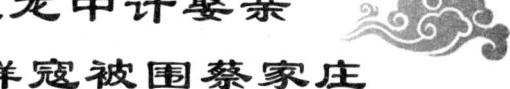

上回说道彭公和张耀宗在蔡家庄要道口的一处客栈住下，等候与众人会合。第三天的时候，彭公正在客栈里伏案看书，忽然听张耀宗来报："大人，小人妹妹张耀英已经来了。"彭公说："带进来与我相见。"只见一个年轻女子，身着雨过天晴绸褂，下身葱绿色长裤，一对金莲又瘦又小，不像是练武之人。倒是生得十分标致，一双含情目，两弯吊梢眉。行过礼之后，彭公问："你兄弟张耀宗已经把事情的原委都说给你了吧？"张耀英答道："是的，大人。"然后彭公一一作了交代。两兄妹很久不见，十分想念，自去楼下叙离别之情去了。第四天的时候，又有那四霸天路过此处，要去高家庄给庄主高恒祝寿。上几回说道，这四霸天乃是绍兴府有名的四公子，分别是黄三太的儿子黄天霸、贺兆熊的儿子贺天保、濮大勇的儿子濮天鹏、武万年的儿子武天虬四位。岁数都在十七八左右，正当年轻气盛的时候。因他们和张耀宗有一面之缘，一听现在正保彭公捉拿紫金山山大王周应龙，就留下助阵。又派人去高家庄报告消息。高家庄庄主高恒是个英雄人物，一听这事，寿也不祝了，带着儿子水底龙高通海来帮忙来了。

　　彭公派义子彭义上紫金山去送信给周应龙，让他亲自下山娶亲。花开两朵，单表一枝。彭义上紫金山去送鸡毛信，告诉金翅大鹏周应龙，马道元请他带人下山去迎娶蔡银花。书里说过，这周应龙是个怕老婆的人。这次因为九龙杯一案，从家里逃出来，好不容易摆脱了周夫人，心里当然高兴。现在听见能娶到如花似玉的蔡家二小姐，心里当然是十分高兴。一听说元通观小道童来送信，高兴得不得了，根本没想到这事有什么不对劲的地方。只是他手下有个叫吴太山的人，是个有点智谋的人。他劝告周应龙说："大王刚当上紫金山的大王，又娶得了蔡家二小姐，真是双喜临门。众兄弟恭喜大王。只是弟弟有一句话，不知道当讲不当讲？"周应龙说："贤弟只管说来我听。"吴太山道："俗话说，国不可一日无君，家不可一日无主。大王亲自下山去迎娶蔡家小姐，万一有人在路上拦住大王，有个闪失。众兄弟怎么办？请大王为了山寨的前途，不可轻易下山。"周应龙一听这吴太山说得十分有理，心想还是谨慎一些好。于是说："我周应龙行走江湖几十年，大小场合也都见过。莫说是有人要半路拦我，就是官府调兵来剿灭我，我也不虚他半分。不过贤弟说得十分有理，依贤弟看，我怎么做才是万全之策呢？"吴太山说："如果大王坚持要下山，我等也不阻拦你。你可以留一部分人看守山寨。如果真是有什么事，大王你就回到山寨来，重新招兵买马，可以重整旗鼓。留得青山在，不怕没柴烧嘛！"周应龙答应。

到第五天的时候，周应龙准备好吹打手，留下四大头领守山，自己带上一百多个飞虎喽啰兵，一路敲锣打鼓，奔蔡家庄而来。行到蔡家庄山口，远远望去，见蔡家庄蔡老汉已经在庄口迎接了。心想："今天我这门亲事是成定了。这个吴太山，一定是图谋不轨，故意拿话吓我，骗我留下大部分人马在山寨里，他好趁机占山为王。我得赶快完婚，尽快赶回山寨去。"这时候，见蔡老汉领着一群十六七岁的少年，心里就更加放心了。相见之后，叙了一回礼。蔡老汉说："老汉我在这里恭候贤婿多时了。小女嫁给大王，我们就是一家人了。"周应龙笑着说："老泰山言重了。小婿无德无能，能娶到小姐，真是高攀了。"说完话，周应龙带着众人，一直随迎接队伍进到庄子去了。

蔡家早已摆下酒席，四处张挂着红纸灯笼，一派喜庆气氛。周应龙的手下一直待在山上，十分乏味，遇到这样的喜事，一开始惧怕寨主，还比较守规矩。后来见到寨主十分高兴，也就放松起来。一会儿，新娘在众人的簇拥中被扶出来，盖着红盖头。那周应龙见到新人就在面前，加上刚才进门的时候喝了几杯迎亲酒，欢喜得骨头都软了，哪里还有什么防备。他正要去掀那盖头的时候，只听见一声叫喊，那双手就被眼前的新娘子反到背上去。任凭使多大的气力，都抽不回来。只见两边的少年扑上来，三下五去二，把个周应龙五花大绑。周应龙一见不好，赶忙喊救命。哪知手下的人都只顾大口喝酒，大碗吃肉，早就忘了还有什么危险。有的已经醉倒在桌子下面，昏睡过去了。周应龙也是四肢乏力，只能心里暗暗叫苦。彭公带领众人上来，命左右将贼寇一并拿下，押到后面关押起来。等抓到紫金山的余党，再回衙门审理。然后派张耀宗押着一个比较清醒的，让他回去报信。就说大王在山下喝醉了，路上遇到拦路的，叫那吴太山带全寨人马，到山下来救援。那个小喽啰不敢违抗，依照他们的要求回山上去了。

　　周寨主被围的消息传回紫金山，山寨里的四大头领都是从绍兴跟周应龙上山为寇的，心里万分着急，顾不得吴太山劝阻，想也不想，就带领一大帮人下山去救主了。这个吴太山头脑十分聪明，觉得事情十分蹊跷。这方圆几百里，哪个不认得我家大王的名号呢，越想越不对劲。但是四大头领已经带领众人下山去了，他也无可奈何，就自己带了些细软，抄后山的小道下紫金山去了。吴太山聪明反被聪明误，此去反被一个英雄给抓住，丢了性命。这位英雄正是这部书中行侠仗义的有名人物。这人是谁呢？且看下回分解。

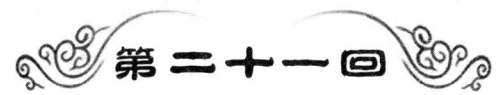

欧阳德出山除寇
紫金山众匪伏诛

且说这边紫金山四大头领率领众喽啰下山，走到树木茂密的地方。听见战鼓擂动，如同雷鸣，紧接着几百号兵士从树林里冲出来。山寇碰到了正规军，当然是不堪一击。这群人一见官兵，像丢了魂一般，连忙抱头鼠窜。平日里练的功夫，早就忘得一干二净。李七侯、张耀宗等人带领众好汉，和官兵合成一处，横冲竖杀，一会儿就把这些人马消灭个干净。那四大头领也被活捉，就是没有找到吴太山。众人正在纳闷儿，忽然从树上跳下一人，说话唔呀唔呀的，说道："唔呀，混账王八羔子，不要欺负人，吾已经结果了这厮。"张耀宗一听，知道是大哥来了。

这张耀宗的大哥是何人呢？就是本书中行侠仗义的有名人物。他籍贯浙江嘉兴，复姓欧阳，单名一个德字。自幼喜好武功，在各地名山胜境处访求高人，学习武艺。父母早亡，又没有兄弟姐妹，也没有什么牵挂。那一日，欧阳德游荡到浙江绍兴地面，听说当地有个镖师，是武术教头，姓张名景和。起先在镖局里面做事，后来因为年老，在家里开了个武馆，任武术教头。欧阳德几经访问，来到张教头家门口。一叩门,出来门人张福,问:"这位先生找哪位?"欧阳德说:"我是嘉兴人氏欧阳德,久仰这里有位张教头,特来拜访,还有大事相求。"张福领他进了大门,过了二门,来到上房。坐了不多会儿,就见门帘掀起,走进一个年过半百的人,四方脸,扫帚眉。欧阳德忙起身行见面礼,自己通报姓名。张教头问:"请问先生来找我有什么事情?"欧阳德说明了来意,张景和看欧阳德五官端正,面带忠厚之相,心中十分愿意。于是他就收下了欧阳德做徒弟。挑选了一个好日子,欧阳德拜见了师傅师母,从此就在张家住下来。一住就是三年,张教头的本事也全部传给了他。后来,张教头快去世的时候,把一儿一女托付给他。欧阳德待他们如同自己的亲生兄妹一样,教他们读书习武。这个欧阳德喜欢到处走动,不喜欢常待在一个地方。所以见张家兄妹都长大了,就想出去走访天下,广交朋友。于是拜别了家里的人,独自出来行走江湖。后来在千佛山真武顶遇到了红莲长老,又拜在长老跟前学艺。后来练得绝世武功,堪称天下第一。要出山的时候,长老告诉他,让他五十岁的时候回来归山受戒,皈依法门,否则将会死于非命。欧阳德为积累阴功,四处访查贪官豪绅、土匪恶霸、绿林采花淫贼。天下作恶的人一听到欧阳德的名字,都十分害怕,给他取了个绰号叫小方朔。

这几天欧阳德正好来到紫金山这里,听说彭大人在这里布下埋伏,准备用那引蛇出洞的计策将紫金山上的草寇一举消灭。于是在暗中观察局势,看有需要时就出手相助。他早看出有人要从后山上逃跑,所以就在后山小路旁边埋伏。果然看到有一个人背着一个包袱，四处张望。欧阳德上前，拔出那青云剑，叫道："呔！哪里走？"这个逃跑的人正是吴太山，见有一个猛士在前面挡道，恐怕自己不是对手，就强装出笑脸说："大哥，放我过去吧，我给你留下买路钱。"说着，打开包袱，拿出一个大元宝。欧阳德大笑说："我欧阳德岂是你这些贼寇用金银收买得了的？"说完举起宝剑，取了那项上脑袋。

且说那张耀宗看见欧阳德从树上跳下来，也顾不得厮杀，上去拜见说："大哥，我和妹妹到处寻找你，就是找不到。你到哪里去了呢？"欧阳德于是把他离开家，到遇到红莲长老，又练了一段时间武艺的经过讲了。这时候见所有的贼寇都被抓住，众人赶回蔡家庄去向彭公复命。彭公又命李七侯等人上紫金山捣毁那周应龙的老巢，查抄山寨，分赏兵丁，放火烧掉山寨回来复命。

众人合在一处，这才回巡抚衙门去。把擒到的贼寇都押到堂上，左右齐喊堂威。彭公说："周应龙，你强抢民女，勾结盗匪，占山为王，抢劫过往，谋财害命，与朝廷作对。知不知罪？"周应龙道："我现在沦为阶下囚，也没脸说什么。只是我周应龙也是一方好汉，你们竟然在避侠庄那样侮辱我夫人，盗走我的九龙杯，实在是太卑鄙了。"彭公说："周应龙，那九龙杯本来就是皇上的心爱之物，现在是物归原主，怎么是你的九龙杯？你既然是用不光明的手段夺取的，义士杨香武暗中盗取，也算没有亏你。但你唆使那恶道士马道元在元通观强抢民女，该怎么说？"堂下又有许多上来鸣冤的，有的是告周应龙抢劫他的财物,有的是来告周应龙杀了他家人,还有的是来告紫金山上的贼寇抢了他家妻女。一会儿,哭喊声一片,惊天动地。人证物证都摆在面前,周应龙见也没法辩解,只有俯首认了罪。彭公命令将紫金山主要头领秋后问斩,其他小喽啰,如果没有犯人命官司的,都遣返回家。彭公一拍惊堂木,退下堂来。一时间,轰轰烈烈的紫金山几百个贼寇,就这样被彭公剿灭了。彭公忙拟了份奏章,上奏朝廷剿灭紫金山匪寇的始末,并参了知府武奎徇私枉法的罪过。过几天朝廷公文下来,皇上告示说:彭朋剿匪有功,赏黄金千两,西海夜明珠一粒。其他有功之臣,着彭朋论功行赏。知府武奎勾结匪寇,徇私枉法,即行革职。皇上的旨意下来,彭公封赏有功之臣。因为那张耀宗献出妙计,彭公见他文武双全,就留他在巡抚衙门任把总,带兵千人。欧阳德和黄天霸等四位公子不愿意留在衙门,彭公赏给银两。高恒、高通海父子,也赏给官爵。只是那李七侯因为长年在外,年事已高,加之思家心切,见有张耀宗可保彭公,就辞谢了彭公的盛情款留,执意回家去了,从此不再出入江湖和官场,平平淡淡,以求终老。彭公又亲自做媒,将那蔡老汉的二女儿许配给张耀宗,把张耀宗的妹妹张耀英许配给高通海,成就了两段姻缘,真是皆大欢喜。张耀宗、高通海等人从此在彭公帐下供职,不断得到升迁,此是后话。要知后事如何,且看下回分解。

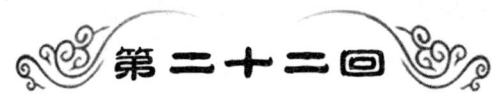

第二十二回

欧阳德旁观打架
徐胜茶楼救武杰

上回说道彭公剿灭了紫金山的匪寇，赏赐了众位将领义士。河南省百姓都感谢并称赞新任的巡抚大人是个好官。这一年河南一带，自四月到六月间，天旱不雨，人民惶惶不安。彭公吃斋三天，天降甘霖，各处均来报告平安。自从剿灭紫金山匪寇之后，彭公下令在河南全省各处设立义学，办理赈济，并派人访查各地的贤愚。贤能的人，彭公就保举他到各处为官；贪婪愚妄的人，彭公必参奏朝廷，降职调用。同时，兴学校，讲道德，创立专门抓捕盗贼的捕盗之营。不几年时间，河南大治。

　　欧阳德乃是个侠义的人，不愿意做官。自从斩除周应龙等人以后，那些漏网的党羽，各处都有公文访查捉拿，那些贼人也都四处逃窜，忽然不见了踪影。欧阳德也奉彭公之命，利用在各处走动的机会，各处访查，相当于是彭公的耳目。凡是民情有什么冤屈，他都会及时禀明彭公，彭公就会派人去办理。有一天，他走到河南上蔡县一个叫作宋家堡的地方，看见十字街头有一个茶楼，字号叫通和楼。欧阳德打帘子进去，看见酒客很多，十分吵闹。就顺着东边楼梯上楼来，四处一看，大约共有六张桌儿，有几个吃茶喝酒的人。他挑了一个北边的座位坐下来，堂倌送来一壶茶，他喝了几口。忽听见楼梯响起来，从下面走上两个人。前面那个二十开外，生得方面大耳，齿白唇红，气宇不凡。后边跟着一个仆人，手拿马鞭。

这个人进来坐在西边那个桌子上，堂倌过来问："请问客官要什么吃的?"那人说："我要两壶荷叶青，两壶莲花白酒，要点菜藕，一碗凉拌鸡丝，一碗亮肉肚。再配两样可吃的，给我的家里人，给他安排在西边的桌子上去吃。"欧阳德叫那堂倌过来说："我也要和那人一样的吃的。"堂倌用眼睛扫了一眼欧阳德，心想这个蛮子和别人学着要菜吃，也是一个没有正经事的。这三伏天热成这个样子，他还穿一件老羊皮袄，戴着皮秋帽，套着两只毛窝，可又是穿着单裤，穿的那双袜子有两尺来高，一直高到护膝。那个少年说："来，给我再来一碟卤过的猪头肉吧。"欧阳德也说："堂倌，也给我来一样的。"堂倌也不敢得罪欧阳德，也照样来了。不过这引起了那少年的注意，他瞅了欧阳德一眼，正要发火，忽然听到楼下一阵吵闹。有一个人说话，也是江苏的口音："唔呀，救人啦，那王八羔子要杀我啦! 吾是不能活啦!"一边喊一边跑上楼来。欧阳德看那上楼的年轻人面黄肌瘦，身穿蓝灰布大褂，蓝布裤子，脚穿白袜青鞋。后面追上来七八个身体雄壮的汉子，手中挥舞着棍子和铁尺，一边跑一边喊："你马上跟我们回去，要不然，有你好看的。"那前面跑的少年见后面的人追来了，慌忙中朝西边跑去。看见前面已经是墙壁，无处可逃，他就顺势一爬,钻到西边那刚进来的二十开外的少年的桌子下面去,拉扯着那少年的衣服,哀求道:"求求你,大爷,救救我吧!他们抓我回去,会把我活活打死的。"那几个汉子也来到桌边,嘴里喝骂着,一起去掀那张桌子,谁知怎么掀也掀不动。仔细一看,才发现是那座上的人在暗中用腿夹着桌子。于是一个人伸出木棒,望那少年就打来。那少年只是伸出两脚在空中一夹,来了个剪刀脚,将那人的木棍踢到地上。其他壮汉也都挥舞着手中的棍子扑上来,都被那少年三两下全打倒在地上。其中一个爬起来道:"敢问小爷你是什么来历?你竟然敢坏我们宋家堡尤大太爷的事。"那少年说:"你只管回去报告你们太爷,我叫徐胜,人称玉面金刚的就是我。"那几个壮汉说:"好,有胆量的你等着,我们回去禀报老爷,定然不饶你的狗命。"一边骂着一边逃下楼去了。

这时候,那钻在桌子下面的少年才爬出来,给玉面金刚徐胜叩头谢恩说:"多谢大哥救命之恩。"徐胜说:"你是什么人,怎么被那宋家堡的恶奴追打呢?"那少年说:"唉,大哥,都是我倒霉呀。小的姓武名杰,是徐州人,父亲早逝,家中还有一个老母。去年被人贩子拐卖到宋家堡来,卖在那宋家堡的戏班之内。戏班的头领是那宋家堡的管家尤四虎,对我十分凶狠。我平常受了不少打骂,一直想趁机逃走。今天我瞅着主人不在家的工夫,瞅了个空逃出来。谁知被那些手下人发现了,他们就来追我。我一想茶馆的人比较多,就跑到这里来了。大哥你一定要救我啊!"此时小方朔在旁边听得真切,暗中赞叹徐胜的侠义心肠,又见那武杰十分可怜,正要走上来搭话。忽见那堂倌走上来,悄悄对徐胜说:"大爷你是外地人吧？我劝你还是赶快逃命去吧!"徐胜问:"为什么这么说？"那堂倌叹口气说:"大侠,你路见不平、拔刀相助令我们佩服,只是你今天惹了不该惹的主啊。你可知道这个尤四虎是什么人吗？他是这宋家堡的管家,功夫十分厉害,手下打手无数。一会儿,他要是回来,你们一定会吃苦头的。"徐胜说:"我玉面金刚天不怕地不怕,行走江湖,从来就没有怕过任何人。他一个宋家堡的管家又怎么样？"武杰忙劝告说:"恩公,这堂倌说得是。你不知道这宋家堡可不是一般的山寨。等我日后再告诉你其中的原因,恩公还是随我先躲避躲避才是。"要知后事如何,且看下回分解。

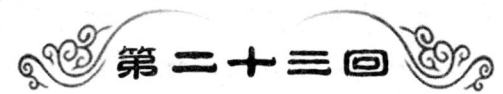

第二十三回

武杰漫说宋家堡
徐胜只身入虎穴

上回说道堂倌和武杰劝告玉面金刚徐胜赶快逃跑，又说这宋家堡另有一番故事，徐胜并不在乎。小方朔听武杰说的这宋家堡好像另有一番隐情。一来想帮助这两个年轻人，二来还可以了解一下这宋家堡的情况。于是他走上来说："在下是欧阳德，久闻玉面金刚大名，今天幸得相见。"徐胜还礼说："原来是名震江湖的小方朔欧阳德兄，你怎么到这里来了呢？"欧阳德说："贤弟，这里不是说话的地方。常言道：'好汉不吃眼前亏。'不如我们另外找个地方，慢慢再说，你看怎样？"徐胜一听，说："仁兄说得有理。咱们走。"于是小方朔欧阳德、玉面金刚徐胜和武杰三人，赔偿了茶楼损失，下楼去了。

三人找了个僻静处说话。欧阳德说："武杰，我刚才听你和那茶楼的堂倌说，这宋家堡好像不是一般地方。到底和其他山寨有什么不一样的呢？快快说来，我可以救你。"武杰磕头说："你老人家如果能救我逃出这火坑，你就是我的重生父母啊。这个宋家堡堡主叫宋仕奎，家财巨万，富甲一方。这方圆几百里的宋家堡都是他的地盘。你看这街市上做买卖的铺面,大多数都是宋家的人把持。每年都要给宋仕奎交纳租金,叫作上贡。"徐胜道:"我听说有给朝廷上贡的,从来没有见过给堡主上贡的。"武杰说:"恩公你不知道,这个宋堡主在家里修建了招贤馆,招纳附近有本事的人,明面上说是给宋家看家护院,暗地里则是聚众造反,声势很大。家中操练庄兵上千人,那管家尤四虎也是操练教头。"欧阳德说:"那此处的官府怎么没有出兵剿灭呢?"武杰说:"你老人家有所不知,这宋家堡离上蔡县的县治很远。宋仕奎就是仗着山高皇帝远,一手遮天,自己在这宋家堡就是一个土皇帝了。"欧阳德说:"竟然有造反的人。待我回省府禀报那彭公彭大人,他一定会派重兵来剿灭这里。"徐胜说:"原来大哥是在彭公手下当差?"欧阳德回答说:"不是的,我是个走江湖的人。你也听说过彭公?"徐胜道:"大哥你有所不知,现在到处都听说彭公这个人是一个青天大老爷,他到过的地方没有不清明的。四海英雄都想着投靠他,为国家尽一份微薄之力。我平日在家学些三脚猫功夫,常常想,大丈夫应该从军报国。听说彭公是个不论出身,任用人才的人,所以千里迢迢赶到河南来投奔他。"欧阳德一听,说:"既然是这样,那我们真是有缘了。我昔日曾帮助彭公剿灭过那紫金山的草寇周应龙等人,所以彭公要用我,被我拒绝。我一生游荡散漫惯了,所以不愿意做官。无奈彭公说千金易得,知己难求,一定要挽留我。我答应四处走动,暗中察看各处民情,如有不平之事,就快马传送给彭公。彭公定当办理。"徐胜道:"那日后如有机会,还烦劳仁兄在彭大人面前举荐我,使我有机会能为朝廷效犬马之劳。"欧阳德说:"那是一定。贤弟侠义心肠,文武双全,定会得到彭公垂青。只是要见彭公,需要有份见面礼才行。"徐胜说道:"大哥是跟我开玩笑的吧?彭大人岂是那贪财之辈。怎么会要见面礼呢?"欧阳德哈哈大笑说:"贤弟聪慧,我说的确实不是那普通的金银之物,而是老百姓的安危。"徐胜道:"那大哥的意思是,我们应该送给大人什么见面礼呢?"欧阳德说:"这礼物就摆在面前。听武杰说,这宋家堡竟敢公然造反。我等帮助彭公拿下反贼,为民除害,就是献给彭公的最好的礼物了。"

徐胜一听,恍然大悟,忙问:"那依大哥的话,我们不如杀进宋家堡去,把那宋仕奎等拿下,扭送到巡抚衙门,交给彭大人就是。"欧阳德说:"贤弟千万不要急躁。听武杰说,我猜想这宋家堡一定布置了许多机关暗器,专等我等自己送上门去。而且抓不到宋仕奎谋反的证据,也不可轻举妄动。我等可先想办法混进宋家堡去,摸清地形,然后派人去巡抚衙门搬救兵来,将这宋家堡一举攻破就行了。"徐胜说:"欧阳大哥真是诸葛亮再世。小弟赴汤蹈火,在所不辞。"欧阳德把自己的计划对徐胜和武杰详细地说了一回,然后分头行事。

这徐胜来到宋家堡门口,对那守门人说:"烦你去通报你家堡主一声,说有玉面金刚徐胜求见。"那门人进去,一会儿出来说:"堡主有请。"徐胜进了山门,才发现里面是一条护城河。山寨依山而建,城楼在那护城河对面。这里地势十分险要,真是一夫当关,万夫莫开。要去到对面,必须经过长长的吊桥。只见这门人朝对面喊了几声,对面就放下吊桥。徐胜跟着那门人过了吊桥,穿过城楼。城楼后面十分宽阔,看见有许多壮丁正在那里操练,喊杀声震天。只见点将台上站着两人,一人身高八尺,品貌不俗,一身蓝绸衣服。另一个虎背熊腰,一脸凶相,浑身武术教头打扮。那门人上去,对那蓝衣人附耳说了几句话,就看见那人从点将台上走下来。门人对徐胜说:"我家堡主来了。"然后离开走了。徐胜迎上前去,抱拳说:"拜见堡主。我久仰堡主大名,听说堡主尊贤礼士,召集天下有志之士,共图大业。不才玉面金刚徐胜特赶来投奔,希望堡主收留。"宋仕奎还礼说:"不敢不敢,我也是个没本事的人,承蒙贤弟厚爱,来投奔于我,十分欢迎。只是我宋仕奎向来只倾慕那有本事的能人,不知道贤弟有何本事,可否露两手给我看看?"徐胜说:"听凭堡主安排。"宋仕奎说:"我家教头尤四虎武功了得,你敢和他比试吗?你要是赢得了他,你就升为大教头,总领这宋家堡所有兵丁。要是输了,就别怪我宋某人不客气。"要知徐胜是赢是输,且看下回分解。

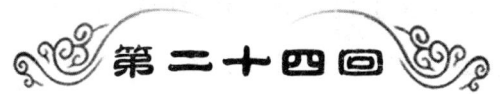

第二十四回

徐胜赢擂当教头
宋仕奎原形毕露

上回说道宋家堡堡主宋仕奎要看徐胜的本事,让徐胜和宋家堡的总教头尤四虎一较高下,徐胜满口答应。于是宋仕奎回头让一个小喽啰去请来尤大教头。那点将台上站的另一个人从台上过来。一听堡主介绍说这是玉面金刚,就听那尤四虎道:"堡主,他就是中午暴打我家兵丁的人。堡主怎么邀请这人过来?看我拿下他再说。"徐胜见尤四虎不讲礼数,好像见了仇人,分外眼红,也就跳出圈外,摆开架势。二人把平生所学的功夫都施展出来。走了几趟,徐胜身体一摇,施展出太祖拳来。这太祖拳相传是北宋开国雄主赵匡胤所创,吸取阴阳八卦的精髓,遇柔则刚,逢刚却能化柔。尤四虎身强力壮,使出的都是猛力。徐胜年轻,身体不能和尤四虎相比,但是他要的太祖拳十分熟练,正是那尤四虎的克星。尤四虎打出的力气都被徐胜轻易化去,变成更大的力气打将回来,只把尤四虎打得浑身冒汗,只有招架之功,没有还手之力。忽然徐胜虚晃一拳,打几个照面,飞起一脚正踢在那尤四虎的后胯上。尤四虎一下稳不住身体,往前一栽,倒在了地上。

宋仕奎在座位上说："好武艺，真是人间少有！"徐胜上前把那尤四虎扶起来，说："得罪得罪。"尤四虎满脸通红，说："真是羞愧死我了。"宋仕奎说："尤贤弟，你我知己之交，不要生气。把大教头的位置让给徐壮士，你我是自己人，不要记挂什么。"然后吩咐手下人备办酒席，给二位和解。

散了堡兵，宋仕奎带着尤四虎、徐胜下了练武场，来到西边的招贤馆。进了屏风，细看，里边是一个内院。内院是北上房五间，东西各有三间配房，南边有刀厅五间。上房的西边还有一个角门，好像是通往另外一个院落的。宋仕奎带领这二人进了北房。只见正北靠墙是一张花木条案，案子上摆放着河北邢窑的白釉瓷瓶两个，官窑的果盘一对，当中放着水晶鱼缸，摆着四样盆景。案前八仙桌一张，两边各有两把太师椅，墙上挂着一幅画，画的是"挂印封侯"。两边各有对联，写的是：

圣贤为骨，英雄为胆；

肝肠如雪，义气如云。

徐胜看了一遍，只见东西两面都有两间屋子。宋仕奎在东面椅子上坐下，让他和尤四虎在西边坐下。并吩咐家人去把山寨的众位贤士都请过来。一会儿，从西院中来了数十个人。这些人大多是在案出逃的因犯。有的放了火，有的杀了人，有的是绿林大盗，有的是采花淫贼。今天听说来了一位大教头，叫作玉面金刚，都来赴宴，想见识见识。就一起来到招贤馆，看见堡主正在和两位教头说话，都一齐上前来，说："参见堡主，我们这里给您请安了。"又给尤四虎请了安。宋仕奎说:"众位英雄,请坐在两边。这位玉面金刚徐胜是我刚请来的大教头,尤四虎今后就来担任二教头。大家好好尊敬这两位教头,每天操练宋家堡的几千人马,我每月的初一和十五都要来检查一次。希望众位兄弟一定要服从堡规。尤贤弟是我知己之人,也知道我的事,现今暂且屈为二教头的位置,你等见过!"

众盗寇都给徐胜请安说:"徐教头新到,我等还需要大教头多多指点武艺。"徐胜说:"我徐某人年纪还轻,众位仁兄都是我的兄长,不必客气。蒙各位兄长相亲相敬,今后咱们都是一家人了,有福一起享,有祸共同当才行。"大家都答应说:"是,是!"

家人拉开桌凳,立刻摆上新鲜果品,冷荤热炒,鸡鸭鱼肉,山珍海味,真是应有尽有。堡主宋仕奎坐在中间,看着左右的尤四虎和徐胜,感觉好像是老虎添了一对翅膀,心中十分得意。心想:"总有一天,他们会保我宋仕奎当上皇帝,我就封他们两位为开国大将军。"正在想的时候,桌上有个人站起来,举起酒杯说:"来来来,我金永太先敬堡主一杯。我早就看出咱们堡主不是一般富贵人家,将来一定会大富大贵。我有一句话,不知当讲不当讲?"宋仕奎说:"贤弟只管说。"那绿眼狼金永太说:"宋大哥占据这宋家堡已经几十年,现在堡里人财都有。莫说是他七品县令,就是巡抚大人,也不惧怕他三分。不如大哥打出自己的旗号,封坛拜将,带领我等众人杀上紫禁城,将那皇帝老儿的龙椅抢来给大哥坐算了。我等也可跟大哥同享一回富贵。"几句话真是说到宋仕奎的心里面去了。宋仕奎早就有谋反的心思，曾经多次找人看过相，都说他有帝王之气。一听绿眼狼金永太也是这么奉承自己，心里就更高兴了，假装说："贤弟千万不要胡言乱语。我宋仕奎虽然是有些家产，但也不敢做出对抗朝廷的事呀，这是要杀头的呢！众位兄弟认为是不是这样呢？"大家一听就知道，这是宋仕奎要大家表衷心的话，于是大家都异口同声地说："大哥，我们的命都是大哥救下来的，我们愿意赴汤蹈火，保大哥坐上皇帝宝座。"宋仕奎心里还不踏实，又问左右的两个教头："你们意下如何呢？"徐胜灵机一动，说："堡主，富贵由命，生死在天。堡主要想称王，应该谨慎从事。需要有世外高人指点，并挑选一个合适的时机才能成事。"宋仕奎说："那依你的主意，你觉得我怎么才能知道上天的意思呢？"徐胜说："我给堡主推荐一个人，我有一个师傅，是八蜡灵牙山七宝藏真洞的华阳老祖，能呼风唤雨，撒豆成兵。只要堡主你带着家人斋戒净身之后，亲自去请，我求师傅给你一道指示，看看什么时候举兵合适，可保大事成功。"宋仕奎一听，十分高兴，对那徐胜说："只是八蜡灵牙山在何处，你的师傅要来的话，恐怕时间太迟。"徐胜说："这个堡主不用担心，我师傅教我法术，只要登坛做法，就能请得我师傅来。"徐胜真的请来了他的师傅吗？且看下回分解。

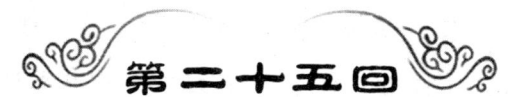

第二十五回

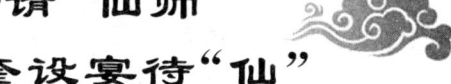

徐胜做法请"仙师"
宋仕奎设宴待"仙"

上回说道徐胜给宋仕奎举荐自己的师傅华阳老祖,这宋仕奎一听十分高兴。宴席散去之后,宋仕奎忙吩咐徐胜准备斋戒沐浴,要越快越好,好像他等不及要当皇帝似的。

徐胜派人在宋仕奎后院中修建一个二丈四尺高的法坛,上面摆上香炉纸案,供上果盘和牲口。又过了一天,一切都准备停当。徐胜沐浴净身,身穿八卦道袍,登上法坛。宋仕奎也沐浴完毕,带着两个儿子宋起龙和宋起凤来到法坛下面,跪在地上,等候徐胜做法。徐胜走上法坛,香案上红烛高照,十分明亮。徐胜说:"我先烧香做法,你们跪在地上磕头。记住,你们一定要诚心诚意,不可以偷看我做法。"宋仕奎带着两个公子一边磕头,一边说:"华阳老祖在上,弟子宋仕奎承蒙徐教头指教,今天在这里摆设法坛,请老师祖仙驾光临,保我成就王霸大业。"徐胜在上面点燃几炷香,插在香炉里。不一会儿,只见法坛上面烟雾缭绕,神神秘秘。徐胜左手挥舞着桃木剑,右手摇铃,口中念念有词。不一会儿,空中飞下一个纸条。那徐胜让人带下法坛,递给宋仕奎,说:"我找我师傅先讨了个示下,他老人家片刻就来。"宋仕奎打开纸条,见那上面写的是："隐隐君王相，堂堂帝王容。祥云白雾起，处处献青龙。"宋仕奎一看，心想："这不是说我宋仕奎有君王的相貌、帝王的姿容吗？上仙说得真是不差呀！"他赶忙跪在地上谢恩，恳求那华阳老祖下凡来一趟。

宋仕奎父子三人跪在地上，等到二更天，累得眼睛都快睁不开了，也没看见半个影子。宋仕奎有些不高兴，说："徐教头，你说你能请来仙师，可是都快二更天了，为什么一个影子都没有看见？"徐胜说："堡主不要急，一开始我也说了，一定要有诚心。我师傅是个世外高人，不问人间事情，如果不是虔心邀请，他是不会轻易下凡的。让我再写几张灵符烧去，恳求他看看。"他便用朱砂笔画了一道符，贴在令剑上，在蜡烛上点燃，口中说道："弟子恳请我师傅华阳老祖降临。"话音还没落，只听见房上有人说："呜呀，我来也。"宋仕奎朝上一看，从天空中下来一个人，头戴九梁道冠，身上披着一件紫色八卦仙袍，脚上穿着一双云鞋，腰间挂两个玉佩，背后斜插一把宝剑，手拿拂尘，白净面皮，嘴边稍微有几根胡须。徐胜连忙下拜说："师傅大驾光临，弟子给师傅行礼了。"

坛下边的宋仕奎忙命两个儿子一起拼命磕头，嘴里说："仙长光临，保佑弟子成此大事，弟子感恩不尽。"那华阳老祖说："既然是我徒弟请我来的，那就不必客气了。我前知五百年，后知五百年。近来掐指一算，算出天上的紫微星下到凡间，我一查，原来是落到江南宋家堡了。我就知道是有什么事。"宋仕奎一听，忙上坛迎接仙师下来，吩咐家人说："你们快去备办酒席，给华阳老祖洗尘。"又对华阳老祖说："仙师万寿无疆,仙师驾临到此,不知道大仙你吃素呢还是吃荤?"那神仙说:"我今下山,就是为了要开荤酒。"宋仕奎吩咐摆三桌酒席,仙师一桌,教头一桌,他父子一桌。家人摆开桌子,传酒送菜。宋仕奎说:"请仙师上座。"大家你来我往地敬了几杯。宋仕奎开口说:"还得麻烦仙师为我卜一个吉日良辰,我好起兵。我这宋家堡的大小买卖都是我宋仕奎管辖,当然不愁起兵没有钱财。我现在有堡兵五千多人,每天操练不停,个个武艺不凡。还有二千人分散在各处,只要我起兵举事,他们定当响应。我想找个合适的日期,在宋家堡举行招贤大会,趁着大会起兵。招募几万人后,先取汴梁城为基业,后分一路兵取归德、夏邑、虞城等县,再派一路兵取彰德、卫辉、怀庆等府,随后进入北直隶,长驱大进,杀入紫禁城,王霸之业立时可成。我又有仙师帮我,还有左膀右臂尤四虎和徐教头,可以担任领兵大元帅。徐教头你为兵马大元帅,尤教头为副帅,再挑选几员大将,何愁大事不成呢?"华阳老祖说:"堡主真是雄才大略,天下英雄没有不望风归附的。大后天是七夕之日,我来之前早已登坛做法,算出这一天五更时候正好是你起兵的吉期,千万不可错过。如果这一天起兵举事,堡主的大业一定可成。"宋仕奎说:"听说仙师能呼风唤雨,撒豆成兵。可否帮我请几路天兵下来,助我一臂之力?"华阳老祖说:"这个就得看你的造化了。但是这也不是很难的事情。等我明天晚上再来登坛做法,就能请来。"宋仕奎一听,不胜感激。晚饭过后,那华阳老祖起身告辞。宋仕奎等人又跪在地上,磕头相送。那华阳老祖在地上绕了几个圈子,飞身上到法坛上去,转了几圈就不见了。

　　这宋仕奎请来天兵相助的消息传到堡里,闹得沸沸扬扬。这个尤四虎自从被徐胜打败,由大教头降格为二教头,心里不舒服,一直想瞅个机会报仇。那天晚上宴席,听徐胜说他能请来师傅,是上天大仙。尤四虎心里就半信半疑,对这件事十分怀疑。这两天听说徐胜每晚在那堡主后院做法,求天上神仙下凡,心里一直纳闷儿,就找宋仕奎说话。宋仕奎哪里还听得进这个尤四虎的话,说:"仙师下凡乃是我亲眼见到的,难道还有假的不成? 我看你是因为被徐教头打败,一直怀恨在心吧?"几句话说得尤四虎七窍冒烟,再也不敢在宋仕奎面前提起这件事了。其实这个尤四虎还真是看出了问题,只是这个宋仕奎太大意了。要知后事如何,且看下回分解。

一位身穿道袍的"大仙"缓缓落在法坛上

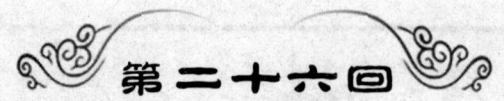

第二十六回
欧阳德假借"仙兵"
三"神仙"受命下凡

上回说道宋仕奎的管家尤四虎不相信徐胜能请来神仙，进言宋仕奎，却被那宋仕奎一口回绝，气得尤四虎再也不提这事了。各位看官，你道这世界上真有神仙，真有华阳老祖吗？当然不是。那上回书中的华阳老祖是什么来历呢？看官有所不知，这就是那徐胜在宴席上听到那宋仕奎要找一个道人来帮忙，临时想出来的计策。他想，不如让欧阳德假扮他的师傅华阳老祖来宋家堡，正是一个好办法。

那日，徐胜抽空出宋家堡，找到欧阳德，把他给宋仕奎献计的事情说了一回。欧阳德一听真是个好计策，于是满口答应。商量着让欧阳德假扮成华阳老祖，写个偈子给宋仕奎，暗示他什么时候举兵。然后和彭大人约好七夕早上，趁那宋仕奎举兵的时候，来个里应外合，将宋家堡全部剿灭。又依照徐胜的计策，让那武杰骑上一匹快马回巡抚衙门去送信。欧阳德因为曾在千佛山真武顶遇到了红莲长老，拜在红莲长老门下学过武艺，所以和道家也是有些渊源的，因此对水陆道场法事都很熟悉。那徐胜的招式都是这欧阳德临时教给他的，他学得十分逼真，连那宋仕奎都没有看出破绽。

看官也许要问，那华阳老祖是从天上飞下来的不是，这欧阳德怎么会有飞天的功夫？这就是本书要交代的了。看官注意了，上回说道这徐胜派人修一座二丈四尺高的法坛，这是为什么呢？是因为它正好接近那宋家后院的屋檐。这欧阳德的轻功还是可以的，入夜时候化了妆，带上买来的道袍法器，悄悄潜入宋家堡，早早埋伏在那宋家后院的房脊上，与徐胜约好举火为号。徐胜知道如果下去早了，恐怕会被宋仕奎等人识破，于是一直拖延，等到他们都困倦了，方才假装点燃一道灵符。趴在房子上的欧阳德就施展轻功，从天而降。竟然也让宋仕奎相信了这位神仙是从天而降的。做完法事走的时候，那欧阳德在法坛上转了两圈，乘人不注意，跳上房子，顺着屋脊出了宋家堡。

书中交代：自从尤四虎对宋仕奎说出自己的疑虑之后，宋仕奎因为当时正在兴头上，觉得这尤四虎说的毫无道理，纯粹是扫兴。就对那尤四虎冷嘲热讽一番，把尤四虎气走了。回去想想，也觉得有点不对。又见那道士喝酒吃肉，和凡俗的人没有什么两样。但自己也确实见那华阳老祖是从天上降下来的，心里想了一回，也拿不定主意。寻思不如明日请天兵的时候再详细观察。要是他请不来天将，肯定就是假的无疑。于是事先命令心腹抱了许多干柴干草，把那法坛四周都围起来。这法坛也是木头临时搭建的，只要那华阳老祖和徐胜请不来天兵天将，就将他们烧死在法坛上。

到了第二天晚上，又高搭法坛，该是欧阳德答应给宋仕奎请几路天兵来的时候。宋仕奎带领全家老小跪在法坛四周。徐胜上了法坛，又是口中念念有词，烧了黄表纸，把令牌、令剑挥舞了一回。又见那华阳老祖从烟雾缭绕中飞身下来。宋仕奎在法坛下跪着问："仙师，你答应弟子要请几路天兵来，怎么没有呢？"欧阳德见四下都是干柴干草，早猜出了那宋仕奎的阴毒用心，假装为难地说："看来宋堡主是不太欢迎我请来的众位天兵天将啊！"宋仕奎忙假装笑脸说："仙师何出此言？"欧阳德故作生气似的说："我乃是上界大仙，法术广大，怎么会看不出你们凡人的这点阴谋诡计呢？还不赶快撤去那干柴干草，跪下磕头向上天谢罪。否则今天你就休想请来一兵一卒。"一听这话，宋仕奎吓得直哆嗦，连声说："弟子知错了，恳请大师不要发怒。这都是我手下一个教头尤四虎挑拨的。"忙命人把那干柴干草全部撤去。欧阳德说："你可把尤四虎捆绑起来，不能让他再当教头。这次看在你主动承认错误的份上，就不追究你了。你等都跪下，待我做法请下天兵天将来。"

只见欧阳德抽出宝剑在台上舞动了几下，将一道写好的符贴在剑尖上，伸到那红蜡烛的火焰上点燃。再将那无根水含在嘴里，朝那宝剑喷去，说："请托塔李天王法师驾到。"忽听见北方有人嚷道："我来也！"宋仕奎悄悄抬头，看见北方站着一个人：面如紫玉，雄眉阔目，头上包青色的头巾，手中托着一尊木塔。欧阳德看那宋仕奎在偷看，说："还不叩头？天王来了。"宋仕奎忙率领众人磕头。欧阳德又把第二道符焚烧了，说："二郎神杨戬，快快显灵。"忽然听见东方有人喊道："我来也。"宋仕奎又看这位：面如红枣，浓眉大眼，身穿青皂褂。欧阳德又笑着道："请哪吒法师前来护助。"听见西方一人喊道："我来也！"宋仕奎见欧阳德请下来这三位真神，真的就相信了这华阳老祖。他忙率领众人接连磕头，心中欢喜。只听得欧阳德说："三位大神法驾光临，没事我不敢惊动各位大仙，只是现今我保护着一个叫宋仕奎的贵人，他要起兵北征。还求三位神仙扶助，共成大业。"法坛上的人一齐说："谨遵法旨！"宋仕奎说："多谢众位神仙相助，我宋仕奎若是成功，一定给众位真神大修庙宇，永世供奉。"众"神仙""嗖"的一声飞下法坛来。宋仕奎赶忙命令家人将几位神仙送到东屋去休息，自己跟在后面，问："仙师说是有几路天兵天将来助我，但是只请下来几位仙将，为何不见仙兵呢？"欧阳德道："三位大仙先来察看情况，其他天兵等明日起兵的时候再一并前来。宋家堡虽大，怎么容得下那十万天兵呢？"宋仕奎低头一想，说："仙师说得甚是，弟子明白了，请仙师也回去吧。"欧阳德说："不用，我因为修道繁忙，很久没见到这几位仙友。这次利用这个机会，正好可以和他们叙叙离别之情。"其实是这欧阳德等人借此机会谋事。要知后事如何，所谋何事，且看下回分解。

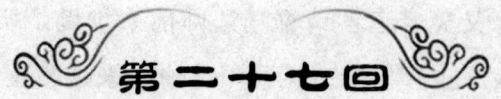

第二十七回
宋仕奎赠送珍宝
众"仙"巧计捉反贼

　　上回说道欧阳德登台做法，请来了三位上界大仙。宋仕奎命人送几位大仙去东屋休息。玉面金刚见了那欧阳德问："请问兄长，你请来的三个人怎么我都不认识呢？"欧阳德道："贤弟随我来，我正要给你引见。这是我在附近找到的三个帮手。他们是亲兄弟，曾受到过高人的指教，练得长拳短打软硬的功夫。大哥面如白玉，叫作伍显；二哥面如红枣，叫作伍元；三哥面皮白净，叫作伍芳。江湖人称'伍氏三雄'，个个能飞檐走壁，武功超群，江湖上很少有人是他们的对手。我邀请他们暗中帮助，好早破这宋家堡。"徐胜便跟着欧阳德进去，见了伍氏三雄。大家互相见面，正在说话，听见有人说是宋堡主来了。只见那宋仕奎手里捧着四件珍珠衫，恭恭敬敬地献给这四位神仙说："四位神仙，你们从天上下来帮助弟子成就帝业，弟子没有什么可以报答的。这是我家祖传的四件珍珠衫，分别为红青蓝紫四种颜色。穿在身上薄如蝉衣，轻如鸿毛，是稀世珍宝。"那欧阳德说："我看就不用了吧，我们是上界神仙，哪还会要这些凡间东西。既然你一片诚意，我们就暂时收下吧！"宋仕奎说："仙师，我还有一事要请教于你。你说那天兵明日起兵的时候就可到来,他们也是自天而降吗?"欧阳德说:"堡主不用惦记,你只需在五更起兵时候,放下吊桥就行。天兵自会从吊桥上前来宋家堡与你的庄兵会合。"宋仕奎问:"那吊桥是宋家堡的要津,不可轻放,要是生了变故,宋家堡就危险了。"欧阳德说:"堡主你有所不知,这十八路天兵私自下凡,不可过有水的地方。因为河水会洗去上界大仙的仙气。我等法力比他们强大,故可以不受限制。"宋仕奎听了,点头称是。

　　时间过得很快,到七夕初鼓时分,欧阳德和那徐胜、伍氏三雄等人正在东边房子里议论救兵怎么还没有来。忽然从房子上下来一个人说:"你们好大胆子,竟然吃着宋家的佳肴美食,办的却是巡抚衙门的事情。待我告诉堡主,管教你们一个个人头落地。"徐胜等人一听,大吃一惊,吓得浑身冒汗。只有那欧阳德并不惊慌,笑道:"躲着说话可不是英雄,请房上的好汉下来说话吧!"那徐胜提起宝剑,就要追杀出去。欧阳德忙拦住说:"贤弟不用去追,我只说一句话,保管那人就会下来。"徐胜道:"大哥说话当真?"欧阳德对着房上的人说:"调票儿昭路儿巴哈,阿攻破看的门德循循。"众人都迷惑不解,一句话也没有听懂。那房子上的人果然一个蜻蜓点水,从房子上跳将下来,一边笑着一边望那欧阳德就拜。欧阳德给大家引见说:"大家不用惧怕,这是我跟大家经常提起的玉面虎张耀宗贤弟。"大家一听,都过来相见。伍氏三雄很是不解,问:"欧阳大哥,你刚才跟屋上的张大哥说的什么话,我们怎么都听不懂呢?"欧阳德说:"哈哈,这是江湖上的黑话,你们行走江湖的时间不长,涉世未深,因此不懂。这'调票儿昭路儿巴哈'意思是'你往下瞅瞅我们是谁呀'。'阿攻破看的门德循循'的意思是'快下来吧,不要胡闹了'。我已经听出是张贤弟的声音了,知道他是在跟大家开玩笑呢!"大家一听,也都哈哈大笑起来。原来这张耀宗是彭大人派来打前站的。接到武杰的消息,都司大人与彭公商议,立马派高通海等人带领三千骑兵从省城赶来。又让张耀宗先到宋家庄报信,想办法拖住那宋仕奎。徐胜把宋家堡的情况都给张耀宗描述了一下,然后约定五更时候在吊桥处会合。张耀宗出宋家堡去接高通海等人去了。欧阳德说:"张耀宗来得正好,救兵一到吊桥,我等分头行事。后院的众寇,就交给你们伍氏三雄去捉拿。徐贤弟,你假装跟随那宋仕奎起兵造反,等到放下吊桥的时候,见朝廷兵马杀来,他必定要与你动手,你可与他打斗,我自会前来助你一臂之力。大家一定要各自留神。"

快到五更天的时候,宋家堡果然响起了集合的号角声。只听见外面一阵吵闹,徐胜也身穿战袍,提着那长链铜锤走出去。只见宋仕奎站在那点将台上,文官武将都站在两边。宋仕奎说:"今日乃是七夕,是宋家堡起事的时候。养兵千日,用兵一时。武将派兵各处去打探,看哪里有官军防护,哪里有团防护守。"又派人去放下吊桥,迎接天兵到来。家人答应下去了。

一会儿,听见金鼓齐鸣,官军已经拥过吊桥来了。只见那张耀宗骑在马上,挥舞着大刀,带领手下左冲右突,杀到练武场这边来。那宋仕奎见状,忙吩咐那尤四虎指挥堡兵,摆成神龙摆尾的阵形。可是这时候很多人见官兵来了,已经开始四散逃窜。高通海嘴里大声喊道:"我奉巡抚彭大人来剿灭反贼,知道大家都是受那反贼蛊惑,犯下这灭门之罪,还不赶快放下兵器,束手就擒,可饶你等不死。"此话一出,被冲乱的散兵游勇,都纷纷放下兵器,举手投降。

那边宋仕奎见势不妙,跨上坐骑想逃之夭夭。早被那徐胜看在眼里,一路跟出来。宋仕奎快马加鞭,徐胜也使劲打马,飞速追来。快要靠近的时候,一扬手,只见那长链铜锤伸出去,正好打在那宋仕奎的后脑勺上。见他翻身滚落马下,徐胜下马上前,正要拿绳子绑住他。谁知那宋仕奎只是假死,一个鲤鱼打挺,手中大刀早已朝那徐胜砍过来。徐胜暗道不好,躲闪不及。要知玉面金刚徐胜是死是活,且看下回分解。

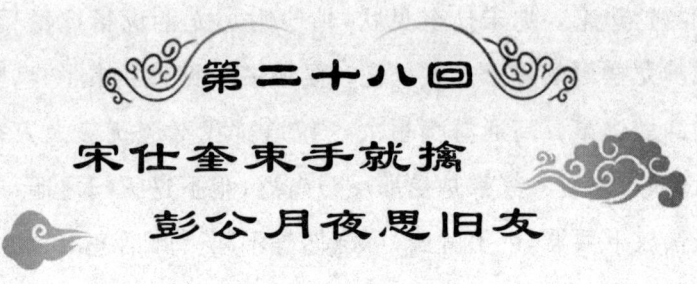

第二十八回

宋仕奎束手就擒

彭公月夜思旧友

上回说道宋仕奎滚落马下，徐胜下马正要去拿绳子绑他，却被那宋仕奎挥刀就砍。说时迟，那时快，只听得"当啷"一声，那刀砍在了另一把长刀刀背上。徐胜定睛一看那救命恩人，原来是那小方朔欧阳德。他也赶来，助那徐胜捉拿宋仕奎。宋仕奎也不甘心，在地上一滚，使了个蛟龙出海，举起大刀一阵乱砍，欧阳德也举刀相迎。他俩你来我往，挑剁砍劈，像仇人相遇，杀得分外眼红。正在难舍难分时，徐胜也挥舞着长链铜锤杀进圈里，直杀得那宋仕奎招架不住，躲闪不及，乖乖束手就擒。

这时候，那伍氏三雄也抓住宋家堡后院的反叛之徒，与那张耀宗合到一处，押着众人去见那高通海。高通海又命人到宋家堡各处搜查，贼人听到这个消息，全都躲藏起来，不敢出头。至天交正午，宋家堡的党羽，拿获了三百多人，抄的家私，共有黄金三十万两，纹银二千七百万两，零项古玩大小四千五百零六件，各式绸缎三千九百四十余匹，良马两千多匹，各式兵器五千件。还有总账簿三十四本，粮米柴草无以算计。张耀宗、高通海等人在这里办事三天，才把一切安排妥当,让老百姓都安定下来。这才押解反贼起身,回巡抚衙门去。

回来见了彭公,张耀宗细说宋家堡剿贼的详细过程,内里功劳,多是徐胜之力,并有欧阳德安排布置,还有伍氏三兄弟鼎力相助。彭公点头说:"本官知道了。"即命将那反贼宋仕奎带上堂来。彭公升了公座,早有两边的衙役把那宋仕奎带上来,跪在彭公面前。彭公说:"你姓甚名谁,把你所犯的罪一一招来。只要你实说,本官可上奏朝廷,免你不死。"宋仕奎说:"禀告大人,小民宋仕奎,是宋家堡堡主。因为误听相面之人,说我有帝王之相,于是一直想起兵造反。近来又有个叫徐胜的人,请来一位仙师华阳老祖,我也不知道是真是假。说是要助我一臂之力,谁知反将我拿下。事到如今,只求大人开天地之恩,饶我不死,我就感恩不尽。"又带上来尤四虎,那尤四虎只是骂宋仕奎有眼无珠,别的什么也不说。彭公命其在供词上签字画押,又带上宋家堡的大小家眷,细细盘查,一一讯问。按轻重定罪,无罪的释放。彭公再拟定奏折,把宋仕奎的不轨之事上奏上,讲明事情原委。并保举张耀宗等人加官晋爵。

彭公把宋仕奎及其党羽凌迟处死。把所查抄的财产,赏给随征的将士。那时河南全省肃清,彭公在河南大有政声。八月初旬,秋雨连绵,黄河发大水。彭公带领司事人员日夜防护,才得以保一方平安。题奏,皇上赏赐大藏香十枝,着河南巡抚带领官兵到龙王庙亲自祭奠。中秋月夜,本省各地属员来拜见,彭公一一询问地土民情,又亲自叮嘱各州县府道,为民父母,办事要详细审慎,切勿草率。办完公事回来,管家彭兴伺候大人把盏玩月。彭公见皓月当空,照耀如同白昼。忽然想天下苍生,兴衰荣辱,恩怨情仇,都仰头观看,不禁动了思念之情。人生如梦,真是此生此月不常有,明月明年何处看?回想往事,好像一件件如在眼前。又想起李七侯,不知他在家闲居,过得可否如意。彭公想这么多英雄好汉,都一一消失在自己视野里,也不知道今生来世还有没有机会相见了。想罢,彭公饮了几杯酒,心情十分沉重,就安歇去了。

到第二十四日,皇上圣旨下来:着张耀宗进京召见。河南巡抚钦加太子少保、兵部尚书衔。彭公即把任内所办的事都交代清楚,收拾行李,进京赴任去了。欧阳德也拜别彭公,要回真武顶去拜见师傅红莲长老。武杰追上来,恳请欧阳德收他为徒。欧阳德见武杰天资聪颖,心中正有此意,于是带着武杰一同回真武顶去。

且说这武杰到了真武顶之后,整天跟着欧阳德学习道术,顺便学习拳脚功夫,俱得真武顶的真传。一日,他在千佛山真武顶山门以外远望,瞧见那山前山后,层峦叠嶂,树木成林,一片秀色。因就在这山上修道,年纪轻轻,忽然动了凡心,就信步下山,不辞而别。走下山坡,一路上碧柳如烟,鸟声喧哗,农夫荷锄于田野,樵夫高歌于山坡,牧童骑牛于野外,渔翁垂钓于溪边。武杰很久没有下山了,感觉眼前是焕然一新,心情也十分高兴。走了几个时辰,到了宣化府地界,突然觉得又渴又饿,抬头看见前面路边有一处酒楼,便进去了。跑堂的问:"客官,要什么酒菜?"武杰要了两壶黄连叶酒,四样配菜。一会儿,那跑堂的下去,端上来小菜碟子,摆上酒杯。武杰自斟自饮,越喝越高兴。因为在真武顶上没有机会吃肉喝酒,今天有机会开了荤,胃口大开。一会儿又要了两碟熟牛肉,两壶酒。吃喝完毕,跑堂的上来撤去残桌,算了账,总共是四吊四百五十文。武杰在身上上下翻捡,想掏钱。这一掏,立刻冒出一身冷汗,因为是偷着下山来的,口袋里哪有带钱,脸立时红到了耳根。对那跑堂的说:"先记账吧!"那跑堂的一听,说:"我们这里概不赊账,都是现钱。"武杰说:"那你同我上山去取吧。"跑堂的说:"我没有工夫。"武杰急了,抡起巴掌就要打那跑堂的。跑堂的朝楼下喊:"掌柜的,楼上有人吃了饭不给钱,还打人。"气得楼下掌柜说:"好一个蛮横不讲理的,吃了饭不给钱还打人。伙计们都给我上,打伤了我赔钱,打死了我来偿命。"店里的伙计立刻就操起家伙上楼来,把那武杰围住。武杰见他们人多势众,不如一走了之。躲闪几下,从二楼回廊纵身往下一跳。要知这武杰是死是活,且看下回分解。

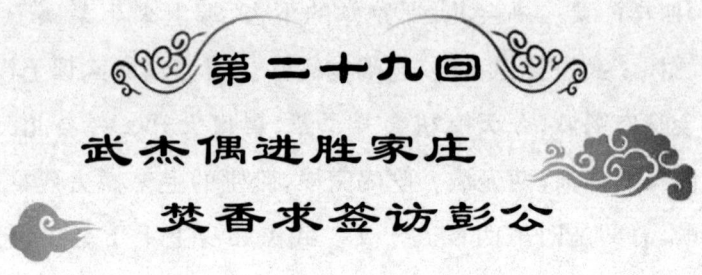

第二十九回

武杰偶进胜家庄
焚香求签访彭公

　　上回说道武杰从酒楼上跳下来,正好落在一架运衣料的板车上。武杰一翻身下来,挥拳打倒几个人,其他人一见,都不敢过来与他交手。忽见西边过来数十匹马,为首的马上骑着一个年长者,这人名叫胜奎,人称银头皓首。这酒楼正是他开的,宣化府一带无人不知无人不晓。他同家将李环、李佩正好过来看看生意如何,却看见自己酒楼门前有人在打架,乱成一团。这胜奎十分生气,叫来掌柜的,说:"这是怎么回事?"那掌柜的说:"这里有一个年少的人,吃了饭不给钱,还动手打了伙计。"银头皓首胜奎一看武杰,见他姿容秀美,品貌不俗,便有三分喜爱之心,问他姓什么,从哪里来。武杰便说明了自己的身份。没想到这胜奎和那欧阳德也是莫逆之交。于是吩咐大家住手,一定要叫武杰去他胜家庄做客。胜奎回到胜家庄,引那武杰见过自己的两个孙子孙女。原来这胜庄主有一子,名胜起山,早丧。留下一子一女,女儿名叫玉环,今年十七岁。这胜玉环自幼读书,喜好武艺,博学多览,知古通今,练得一手单刀,家传迎门三不过的飞镖。儿子胜官保,今年八岁,聪明过人,在学房读书,也从胜奎学些武艺,家中人喜爱他的聪慧灵敏,人送绰号小神童。

胜奎领着两个孩子与武杰见面

他们相见之后，由于年龄相差不大，彼此像亲兄妹一样看待。胜奎看了心里也十分高兴，暗中派人送信给欧阳德说，武杰在胜家庄上暂住，叫他不必挂念。

武杰自从来到胜家庄，胜奎指导他和胜官保练习武术，不分白天黑夜。一晃日子过去几年。有一天，忽然听到胜奎回来，把那武杰叫来说："贤孙，近来见到你师傅欧阳德兄，他托我一事。说是钦差彭大人到宣化府来查案，突然在路上被人劫去，下落不明。让我四处暗中访查，找寻彭大人。"武杰一听："是那做过河南巡抚的彭大人彭朋吗？"胜奎说："正是，莫非你认识他？"武杰说："我不但认识他，还帮他剿灭过宋家堡的反贼呢！说来他还是我的恩公，现在怎么遭人毒手？不如我代太爷你老人家去走一趟吧！"胜奎说："贤孙，正是青天彭大人。他现今已经是吏部尚书、文渊阁大学士。近来奉皇上之命，来宣化府查办匪案。我也正想烦你走一趟，看看有没有什么线索。"那武杰在胜家庄待了一段时间，又练了些武术，也想施展施展，于是满口答应，领命出来。胜奎又派了李环、李佩跟从武杰，暗中保护。

出了胜家庄，武杰对李环、李佩二人说："我在真武顶学过道术，学会了扶乩之术。"李环、李佩二人问："什么是扶乩之术呢？"武杰说："就是买些纸炮，向吕祖吕洞宾说明事情，找两个签筒，求他指示个祸福吉凶，这吕祖爷的签，是有求必应。只要诚心诚意，烧一炷香，那签就能说得清清楚楚，灵得很。"于是他三人沿路打听，知道了附近就有一座吕祖庙。他们买了一些香蜡纸炮，走到吕祖庙。见当中的门和两边的小角门都关着。武杰走到东边角门上拍打几下，门开了。里边出来位年轻道士，身穿月白色道袍。年轻道士问："三位施主烧香吗？"李环说："正是，劳烦你把山门打开，我等来烧香问事。"年轻道士打开山门，武杰一看，果然是一座吕祖庙，正面是吕祖神殿。前面摆着个香案，香案上摆了两个签筒。一个是问事签，一个是问病签。武杰把香点燃，心中暗暗祷告说："吕祖爷爷，弟子乃是江南武杰。恩公彭大人彭朋奉旨到宣化府查办匪案，遭匪人劫持，下落不明。因知吕祖爷爷是有灵有神的神仙，只求吕祖爷爷指示吉凶。若是灵验，弟子愿意为吕祖爷爷重修古庙，重塑金身。"李环、李佩也跪在一边祷告。烧完香，便向那年轻道士要签筒。那道士问："是问事还是问病？"武杰答道："是问事。"那道士把签筒递给武杰。武杰拿在手里摇了两摇，落下一根签来。年轻道士拿着这根签，翻开号本上一找，念道："此人病体虚弱，乃大凶兆。须用人参茯苓汤补气健神为妙。"武杰接过一看，说："我问事的，你给我拿一个问病的签筒干吗？人都丢了，吃这些补药有什么用？"说完把个签筒朝墙上扔过去，摔得粉碎。那道士把眼睛一瞪，说："这是道家清修之地，岂容你这个蛮小子在这里撒野。"说完翻身窜到外面，扛来一把大刀，说："叫你们今天一个也走不出这吕祖庙。"那武杰三人揭开包袱，正要拿出单刀，看见那厢房里走出一个老道士，一挦花白胡须，显得骨瘦神清。李佩二人定睛一看，原来那老者是赛时迁杨香武。

书中交代：不知道各位看官还记不记得，前面我们说过这杨香武三盗皇上的九龙杯，最后被免了死罪，但是活罪难逃,被罚充军一年。他半路上逃跑,流落到这宣化府。在这吕祖庙里出家为道,从此再也不过问绿林中的事情。那杨香武认得胜奎的家将李环、李佩,忙命那年轻道士住手。真是大水冲了龙王庙,自己人跟自己人动手。大家相互见面,扔了兵器到后房落座,杨香武问:"不知道三位大侠有什么事情要抽签?"那武杰把来意说明,说:"前辈在这里住得久,应该对这里十分熟悉。还望前辈指教。"杨香武低头一想,说:"要说这贼匪窝藏的地方,我想应该是那红龙涧。"武杰问:"这是一个什么地方?"杨香武道:"这红龙涧真是人间最险要的地方。"要知怎么个险法,且看下回分解。

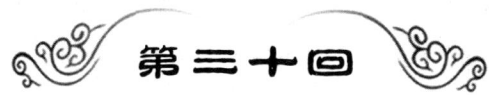

第三十回
群雄定计访彭公
豪杰胆寒红龙涧

上回说道那杨香武说出附近有个人世间最险要的地方叫作红龙涧。原来这红龙涧四面是水，只有中间的悬崖峭壁上面有座山寨，山寨的主人是那四头太岁戴奎章。他在那里招兵买马，屯聚粮草，不时有犯了王法的绿林在那里窝藏。杨香武说："提起这个人，你们也应该知道的，他有个女婿是那宋家堡的堡主宋仕奎的二公子叫宋起凤。自从彭公派官兵剿灭那宋家堡之后，宋起凤就逃到这红龙涧，做了那戴奎章的上门女婿。戴奎章的女儿死后，那宋起凤定要出家。戴奎章挽留不住，因和我还有点交情，就把他送到我这里来了。谁知他又受不了这青灯古佛的寂寞生活，整天出去勾引良家妇女，被我骂了几句。几天前逃走了，还偷走了我的薰香盒子。"武杰说："依前辈所见，你对这个红龙涧十分熟悉。我们要怎么样才能去到那红龙涧探听一下虚实呢？"杨香武说："我可以让我的徒弟法真去红龙涧探访一下虚实，因他和那宋起凤曾在一起参禅悟道，还有些交情。"那法真领了师傅之命，前去红龙涧探访。半晌回来说："我去到了那红龙涧，见到那宋起凤。我们叙了一会儿旧，结果那宋起凤就在我面前夸口说,他抓住了当今一品巡抚彭朋,现关押在水牢里。"

原来那宋起凤从道观出来四处闲逛,忽然在茶馆里听见几个当差的说:"钦差彭大人要来宣化府,现正在备办公馆。"宋起凤一打听,原来就是害得他家破人亡的彭朋。心想一定要寻找机会,报这个血海深仇。于是四处打听,终于知晓了他的住处。晚上潜入他的公馆,看见他的卫兵都睡着了。那彭大人还在灯下读书。就拿出薰香,从门缝里吹进去,一会儿彭朋就睡着了。他等了一会儿,见没有动静,就上前去背起他,到红龙洞去了。

武杰说:"前辈,我们怎么进去水牢救彭大人出来呢?"杨香武道:"要到那山寨,需得一个水性好的人。我们这几个人都是旱鸭子,水里的功夫是不行的。除非那彭公身边的水底龙高通海前来。"武杰说:"自从彭公剿灭宋家堡以后,高通海就被彭公举荐为提督之职,早就高升了,没有再在彭公身边当差了。"杨香武说:"我知道一个人,水性比那高通海还好。家住嵩阴县三家村,名叫石铸,绰号人称碧眼金蟾,曾盗过皇上的九龙御马。但这人轻易不出山,要让他出山,需要一个人亲自去请。"武杰问:"是谁?"杨香武说:"胜奎老爷曾经用胜家祖传的草药治好过他母亲的病,只要胜老爷给个示下,他一定会答应。"于是武杰派那李环回去见了胜奎,说明了事情原委。胜奎派李环去给那石铸送了一封书信。不多时,石铸就到吕祖庙来了。

石铸进来,大家见礼。石铸道:"听说钦差彭大人被红龙洞的人抓去。恩公胜大老爷叫我来助各位一臂之力。尊驾就是三盗九龙杯的杨老英雄吧?"杨香武道:"英雄无岁,江湖无辈。贤弟不必客气。"那石铸说:"老英雄客气了,晚辈全凭老前辈安排。"杨香武说:"石贤弟,这红龙涧你也知道,十分危险,只有烦劳你深入龙潭虎穴,把彭公救出来了。"石铸说道:"老英雄放心。莫说是我的恩公胜大老爷请我来,就是我听说彭公有难,我也会来相帮的。这彭公是老百姓千年不遇的好官,是青天大老爷,我一定会舍死去救。"杨香武、武杰等人都起身感谢。

石铸回家收拾停当之后,带上潜水用的两件宝贝。一件是那通气用的毛竹管,另一件是那既可用来砍去水中障碍物,又可以用来当兵器用的弯镰刀。来到红龙涧,见两条大河从东西两边山上流下来,在山寨前边一抱,形成一个白蛇缠腰的凶险地形。河水十分湍急,石铸选了一处流水较缓慢的地方,嘴里含着那根毛竹管,潜下去了。浮了有几里远,冒出水面一看,头上悬挂着一道闸板。这闸板有二丈三尺高,宽有五尺。闸板提起,停在空中。石铸从水中潜过去,又见到有二道闸板,也拉起停在空中。石铸又潜入水中,又浮了四五里才到水牢。

原来这座水牢是在山岩上掏了一个大窟窿。在河面上有一部分,河面下有一部分,共有十来间房。房子前面都有喽啰兵拿着兵器在那里把守。石铸悄悄游过去,用手朝下把水一按,钻进水牢。一瞧彭大人正在那里盘膝坐着,闭目养神。墙上有个土瓷碗,里边点着不暗不亮的油灯。石铸过来叩头说:"大人受惊了,草民石铸来救大人出去。"彭公很是吃了一惊,问石铸:"你怎么知道我在这里?"石铸把杨香武等人在外面如何计划救他的事,简要说了一遍。拿出毛竹管说:"大人,你把它衔在口中,可以换气。我背大人出去。"彭公说:"好。"石铸自己掏出一块绸布,绑在鼻子上,背上彭公,用手拢住。大吸了一口气,往水下一钻。钻了三五里路,石铸往上一冒,换了一口气,睁开眼睛向四周一瞧,心里暗暗叫道:"不好。"各位看官,你道是怎么了?原来是石铸一瞧,前面那道闸门已经落下来,二人正好被闸在了水牢与那道闸门之间,不能出去,又没有地方藏身。彭公说:"这个水牢旁边有条小路是出去的。"石铸正要往上瞧,只听到头上面正好有人在对着他说话。听了那人的话,石铸气得浑身颤抖。要知是什么人在上面说话,且看下回分解。

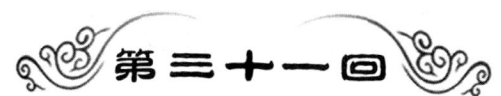

第三十一回

救青天石铸陷牢
刘芳献宝珍珠衫

上回说道那石铸背着彭公浮出水面,正愁无处藏身。突然听见头上有人在跟自己说话。只听那人说道:"你这个会水的,到其他地方显示一下自己还可以,不要在这红龙涧来卖弄自己了。你今天怕是泥菩萨过江,连自身都难保了。还救什么人啊!你俩就在这水牢里住几天再回去吧。"说完那人哈哈大笑,分明是在戏耍那石铸。石铸无奈,只得又把彭大人背回水牢。大人说:"你我二人暂时在这里,等等有没有其他人来救咱们。"

杨香武等人等了一夜,不见那石铸回来,估计他们大概出事了。天亮的时候,他们派人跟那巡抚衙门的人联系上。原来那边的张耀宗、徐胜等人也在四处寻找。大家会合到一处,商量着怎么去将那彭公救出来。其中有一个叫多臂膀刘芳的人,他是河南巡抚衙门里的一员偏将。他对大家说道:"我倒是有个办法,我和那戴奎章有点渊源,我愿意去劝说他放了彭大人。"杨香武问:"敢问将军与那戴奎章有什么渊源呢?"那刘芳说:"我的父亲就是那无羽箭刘世昌。他当年和那宋家堡的宋仕奎、金翅大鹏周应龙、四头太岁戴奎章结拜为异姓兄弟,那戴奎章排行老四,论辈分我还应该叫他一声四叔呢!"杨香武道:"那是再好不过了。我正好与那戴奎章也有点交情。不如我和你一起去那红龙涧里,劝说那戴奎章放了彭大人。"刘芳说:"那是再好不过了。只是自从我父亲去世之后,我们两家走动的就很少。他是一个见利忘义之人,我现在去未必能够说得动他。"那杨香武道:"依你看,我们是不是可以送些银两给他?兴许好说话些。"武杰道:"老前辈,小弟觉得这银两既不好找,也不如珍宝古玩好看些。"杨香武道:"要是我还年轻的时候,不要说是一件珍宝古玩,就是十件,只需晚上去那富贵人家'借一件'就行,只是现在我已经立志出家,不会再去做这些鸡鸣狗盗之事了。"武杰忙说:"老前辈,小弟丝毫不敢有取笑老前辈的意思,我是说我倒是有个办法可以得到一件宝贝,可否让我一试?"杨香武说:"用什么办法?"武杰说:"我师傅欧阳德有一件八宝珍珠衫,是稀世珍宝。是攻打宋家堡的时候,用计赚取的那宋家堡堡主宋仕奎的传家之宝。"杨香武说:"那得辛苦你走一趟了。"武杰领命,到千佛山真武顶找他师傅欧阳德要那珍珠衫去了。

次日,那武杰回来,手里拿着一个包裹,打开给众人看那珍珠衫。只见无数颗的珍珠被那银线穿起来,金光闪闪,十分耀目。各位英雄都惊叹世间还有如此珍宝,又议论说那宋仕奎要是守着家业,享不尽荣华富贵,何必要出头去造反呢。这武杰说:"那宋起凤正是那宋仕奎的二儿子,彭大人就是被他绑到红龙涧的,真是有其父必有其子。"杨香武说:"你师傅就这么轻易把这珍珠衫交给了你?"武杰说:"一来是因为我师傅是道家中人,不能贪恋凡间的俗物,二来我师傅欧阳德让我把这珍珠衫上交衙门。因当时从宋仕奎那里得到,起了私心,小心藏起来了。现在应该上交给彭大人才是。"于是杨香武和刘芳备了两匹好马,来到那红龙涧的岸边,仔细察看了一番地形。再把拜帖让那守山门的人递进去,说有故人要见寨主。不一会儿,那看门人飞跑出来,说:"我们寨主有请二位。"

二人过了红龙涧,来到那寨子中,见到了戴奎章。戴奎章亲自迎接二人到大厅。见到杨香武说:"大哥有空到敝山寨来,不知道有何事?"那杨香武说:"没有大事不登堂。"又对那刘芳说:"贤侄,你怎么也想起来看望你四叔来了?"刘芳答道:"四叔客气了,我心里天天惦记着四叔。可惜我父亲去世之后,一直没有机会来看你。这次因为杨老前辈要办点事情,特一同前来。"戴奎章暗想:"这两人一官一道,一起到来,所为何事呢?"假装说:"杨大哥刚才说有要事,请问可否让我知道?"杨香武说:"我们是为彭大人而来的。"那戴奎章一脸茫然,问道:"请问杨大哥说的是哪个彭大人?"杨香武说:"那做过河南巡抚的钦差大人彭朋,是老百姓头上的青天。听说他在贵山寨的水牢里,已经关押了三四天。我们此行就是来请教寨主,能不能放了彭公回去?"刘芳在一旁说:"希望四叔念在我死去父亲的份上,给我三分薄面,放了那彭公。我现在是那彭公保举的朝廷命官,一定在彭公面前为你说话,不追究你的罪过。"杨香武道:"这里有件稀世珍宝珍珠衫要送给你，作为见面礼。"戴奎章一见宝物，又惊又喜。喜的是那珍珠衫垂手可得，惊的是那彭朋在他山寨里，他竟然不知道。他暗想："私自扣押钦差大人，如同扣押了当今天子，岂不是要全家抄斩？必定是那彭朋曾经剿灭宋家堡，女婿宋起凤怀恨在心，才干出这事。我不如先收下这珍珠衫，稳住这两人。待回去细细盘问宋起凤那畜生再作决定。"于是说："这件事我戴某人实在是不知道，可能是我的手下在外面胡作非为，我一定下去严查。既然你们已经肯定彭大人在我这红龙涧，我就是挖地三尺，也要将他找出来。"那杨香武道："事不宜迟，我和刘芳就在庄上等候。劳烦寨主赶快派人去山寨查找。怕是迟了，彭公有生命危险。"那戴奎章心中打着算盘，心想这回真是麻烦惹得大了，搞不好全家都要掉脑袋。出了大厅，赶紧叫人去把那宋起凤找来商量。要知后事如何，且看下回分解。

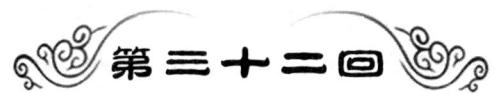

第三十二回
恶人害人反害己
刘芳石打戴奎章

　　上回说道杨香武和刘芳来到红龙洞找那戴奎章,并送给他一件见面礼珍珠衫,恳求他把彭公彭大人放了。那戴奎章一听那彭大人被抓到红龙洞,自己都不知道,猜想一定是那女婿宋起凤干的事情。宋起凤来到,戴奎章说:"你竟然瞒着我把那朝廷命官彭朋绑到寨里来了?"那宋起凤便把事情的前因后果给戴奎章交代了一遍。只说是自己因为那彭朋曾经剿灭宋家堡,害得自己家破人亡,于是一直想报仇雪恨,故出此下策。戴奎章说:"既然你把他绑来,就应该干净利落,怎么走漏了消息,让那各处的江湖朋友都来找我要彭公,叫我这个寨主还怎么个当法?"宋起凤听出岳父不高兴,忙问:"岳父大人,是什么人来找你要人?"那戴奎章说:"是你的道观师傅杨香武和我的义兄刘世昌的儿子刘芳,他现在是那朝廷的偏将。"宋起凤说:"既是那朝廷的偏将来了,就是要抢夺彭朋不成?"戴奎章说:"他们倒是还给我几分面子,送给我一件稀世之宝珍珠衫,想用来换那彭公。"那宋起凤一听,一股怒气冲上天灵盖,说:"岳父大人你有所不知,这珍珠衫是我们宋家祖传的稀世珍宝,竟然被那欧阳德和徐胜装神弄鬼骗去,现在竟然又拿着珍珠衫来骗取岳父大人。请岳父大人一定要三思,不要轻易放过那彭朋。"戴奎章说:"原来这珍珠衫是你家的祖传之宝,这杨香武也是借花献佛啊。但我已经收下这珍珠衫,还有杨香武和刘芳二人求情,二人都不是外人。我看贤婿还是放了那彭朋,免得惹出灭门之祸。"宋起凤早就急红了眼,哪里肯答应。他恳求那戴奎章说:"岳父大人,我好不容易抓住他,现在这么轻易放掉,恐怕放虎归山啦。我把那狗官关押在水牢里,一直没有动手,就是想劝说岳父大人趁这个机会,把那彭公当作人质,一举冲出山寨,拿下宣化府,直取中原,王霸之业可成。"各位看官,这宋起凤小小年纪,怎么有如此宽广的胸怀,竟然心中藏着如此大的抱负呢?

书中交代:当年彭朋剿灭宋家堡的时候,宋起凤尚且年幼,没有跟随那宋仕奎参与谋反。但是有句话说得好:"有其父必有其子。"这宋仕奎一心想当皇帝,在宋家堡称王称霸,自己俨然就是一个土皇帝。一切穿戴和礼仪规矩,都是按照天子来制定的。这宋起凤自幼聪慧,受到宋仕奎的宠爱,就像是一个小太子一样。宋仕奎悉心培养,从小就往其心里灌输那些王霸思想。宋起凤耳濡目染,时间一长,竟然也像他的父亲一样,想要占据一方,称王称霸。

不过这天子岂是人人都能当的,就说这戴奎章,他在这红龙涧里招聚人马,窝藏囚犯和山贼,说到底也只是想当个山大王。哪里能上得了台面,有那直取天下的心胸和君临天下的气势。宋起凤的这一番鼓动,他当然是听不进去,却又左右犯难。那宋起凤见戴奎章犹豫不定,心中怕戴奎章应允了此事，放了那彭朋。于是他心中暗想："不如我先去那水牢把那彭朋和石铸杀了再说，他便是答应也晚啦！"宋起凤打定主意，推说要去一趟厕所。回到后院，提起一柄快刀，就往水牢里走去。

刘芳早在窗户里瞧见，出来跟在后面，伸手拉出太平刀，一言不发，手起刀落，把那宋起凤杀死。这边一群喽啰兵看见，一齐大声喊起来："杀人了，杀人了。"那戴奎章听了，跑出来一看，见刘芳已经把宋起凤杀死在地上，勃然大怒，道："刘芳，你也太无礼了，竟然在我家将我的女婿杀死。我本要放那彭大人，现在是你先做出这种不仁不义的事情来，我也不顾什么叔侄之情了，今天就要和你讨个公道。"说完就操起一根长矛，照定那刘芳就刺。刘芳毕竟是年轻，从地上捡起一颗石子，往那戴奎章脑门上就打。

书中交代：这戴奎章为什么叫四头太岁呢？原来是因为他头上有三个拳头大的瘤子。刘芳这一颗石子，不偏不歪，正好打中戴奎章头上的一个瘤子，只见戴奎章痛得哇哇大叫。一摆长矛，吩咐喽啰兵们将那刘芳拿下。众喽啰兵拿着刀枪棍棒，把那刘芳团团围住。杨香武闻声出来，一见这个景况，说："好你个戴老四，竟然翻脸不认人，和自己的侄儿动起手来了。我自来没栽过跟头，今天这命也不要啦，和你拼个你死我活！"两下动手，正在不分胜负的时候，只听外面后院来了一位姑娘。众喽啰兵一见，说："姑娘来啦！这下你们跑不掉了。"刘芳回头一看，只见一如花似玉的年轻女子，浑身桃红色，美得那瑶池仙子没法比，月宫嫦娥也不如。这女子果然功夫了得，使得一双吴女剑，上下翻飞。

　　这戴奎章虽然勇猛，因瘤子一破，痛得心虚发慌。听见姑娘来了，见她舞剑直奔刘芳，也来了力气，冲上去帮忙。这刘芳以一敌十，正是力不从心的时候，又遇到这个姑娘。就瞅个机会，想飞身上房开溜。刚蹿上房去，那姑娘抖手一飞爪，便将刘芳抓下房来。刘芳摔在地上，还来不及起身，就被喽啰兵捆起来了。杨香武因年老体弱，功夫施展不开，也被他们捉去。众喽啰兵把两人捆好，关在水牢上边的一个屋子里。两个喽啰兵也跟着进去，把两个人绑在木桩上。旁边有五间屋子，负责看管这几个人。喽啰兵们回到前寨，早有人把那宋起凤的尸体装殓起来了。戴奎章回屋去休息，等到休息好了，再去料理抓来的人。要知众英雄是吉是凶，且听下回分解。

一个女侠将手中的双剑舞得上下翻飞

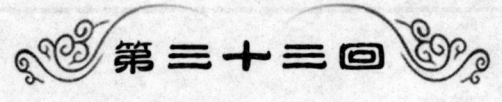

第二十二回
周庄受命请刘芳
英雄得遇王媚娘

上回说道戴奎章翻脸，将那杨香武和刘芳抓起来，放到水牢去。刘芳在水牢里说："这戴奎章真是翻脸不认人，我死了不要紧，只是连累了前辈你跟我一起受罪。"杨香武哈哈大笑说："我是那洗手的人，生有处，死有地，早就把生死置之度外了。只是我们没能救了彭公，反而自己也被抓进来了，传出去怕会被别人笑话。"刘芳心里想："我也算是巡抚衙门的一员大将，没想到彭公就在下面，却没有救出。难道我刘芳今天就要死在这个地方？"

忽然牢门开了，进来一人，手里提着个红纸灯笼。杨香武还以为是戴奎章来杀他们，仔细一看，进来的分明是个花白胡子的老头，面容有些愁苦。他来到刘芳面前，用灯笼一照，说："请问是刘大人吗？"刘芳说："是我。我坐不更名，行不改姓。要杀要剐你们只管动手。"只听那老人说："大人不必惊慌，我奉我家主人之命前来请你到上头有事。"刘芳问道："你家主人是谁？要是戴奎章的话，我就不去了。"老人说："我家主人并不是戴奎章，你去了就知道了。"老人帮刘芳把绳扣解开说："大人可不能乱走，这红龙涧如铜墙铁壁，外头巡查的人很多，大人即使走也走不了。"刘芳说："好，我跟随你走就是了。"

那老汉提着灯笼出了水牢，刘芳跟在身后。那些看守牢房的喽啰兵见了老人，也并不去阻拦，好像认识这个老头一样，只是对那老人说："你且快点带他回来，要是让寨主知道了，我们可就要受罪了。"老人回答说："你们放心就是了，还有我家主人呢。"老人领着刘芳出水牢一直拐了两层院子，便是一座大花园。里面有北房三间，东西厢房各三间，北房里灯火明亮。那老人把门帘一掀，刘芳进屋中一看，背面墙下是一张花梨木的条桌，上面摆着文王百子图的果盘。果盘左边有个金鱼缸，缸里是淡黄色的金鱼。果盘右边是一个盆景，墙上挂着四条画轴，画着杏林春燕图。条桌前面是一张八仙桌，桌边两把太师椅。桌上摆着文房四宝。东里间挂着围屏床帐，但是并无一人。刘芳在椅子上坐下，那老汉把烛花夹了一夹，去了不大工夫，端进一个茶盘来，茶盘里有小茶碗两个，一把小瓷壶。老汉倒了一碗茶，说："大人请坐一会儿，我去请我家主人过来。"刘芳说："你快去吧！"老人家转身出去了。

刘芳在屋中等了好一阵，天快三更了，还不见那老人回来。正要走出去，忽见那老汉笑嘻嘻地走回来说："大人饿了吧？我给大人准备点饭，我家主人一会儿就过来。"刘芳正觉得肚子有点空，便说："太好了！"老汉出去端了几样菜进来，拿了一壶绍兴酒，刘芳也不装斯文，吃了个酒足饭饱。刘芳说："老人家，你要是还有饭，就到水牢给我的朋友和那钦差大人送些去吧。"老汉说:"好的,我马上送去,你放心。"说完出去了。

老汉先给杨香武送了一份,然后来到水牢出口,看见那些看水牢的人都已经睡着了,便私自把钥匙偷了,打开那出口。用个篮子将一壶酒和几样菜吊下去,说:"钦差大人,这里面有几样点心,暂时充个饥。我们很快就来救大人出去。"石铸把小筐接下去说:"你是谁?"那老汉说:"小人姓周名庄。"说完话,把下面的小筐再拉上来,照旧把出口锁上,把钥匙仍然放回到原处,转身回到后面,见那刘芳还在吃茶。

刘芳一见老人进来,说:"你家主人还来不来了?"老汉说:"我家主人被压寨夫人叫去了,应该要回来了。"正说着,听到外面有脚步响,老汉说:"我家主人来了。"帘子一起,进来一个如花似玉的美人。刘芳仔细一看,正是白天捉拿自己的女子,那女子进来跪在地上说:"小女王媚娘见过大人,小女白天冒犯大人虎威,冲撞大人,望大人恕罪!"刘芳问:"你们是什么人,见我有什么事?"那老人家也在一旁跪下,泪如雨下,哭着说:"大人一定要为我们做主,这里有一段不白之冤啦。我家主人姓王,原籍是那南京大兴县人,名叫王文贵,在山西做知府文书。只因夜晚出去办案,摔断了腿,告假回老家去养伤。走到红龙涧,被那戴奎章把主人和夫人杀了,家人都跑散了,只有我留下来伺候小姐。我家姑娘那时才九岁,是我苦苦哀求戴奎章不要伤害小姐,戴奎章才把我们带回山寨当他的家人。压寨夫人喜爱我家姑娘,教她长拳短打,刀枪棍棒,对她像是自己亲姑娘一样。只是这禽兽戴奎章,见我家姑娘长大后,出落得水灵,想把我家姑娘收为侍妾。因为一直有压寨夫人的阻拦,他才没有得手。我家姑娘因为这事,还上了一回吊。后来我把从前的事告诉了她,她一直惦记着为父母报仇。昨天和大人动手,把大人抓起来,后来才知道大人是来救钦差大人的。于是让我去把大人请出来,商议怎么把钦差大人救出来。"刘芳问:"你们有什么主意吗?"周庄道:"我们想请大人写一封书信,由我们带到本地官府去求来救兵。来个里应外合,把红龙涧的这帮匪徒全部消灭。"

刘芳说:"我看这红龙涧地势十分凶险,四面是水,必须要坐船过来。我们有个水性很好的石铸从水下来救大人,不知什么缘故有去无回?"那老汉说:"一定是被水闸给拦住了。既然是这样,必须把那两道水闸拉起来。"姑娘说:"这个不难,我可以假托戴奎章,让那些喽啰兵打开就是。"刘芳说:"我写一封书信,老人家你跑一趟,送到宣化府去。调来兵将,约定五更鸡叫时候水陆并进,既救走彭大人,又抓住那戴奎章。"要知老人周庄借来的是哪些英雄好汉,且看下回分解。

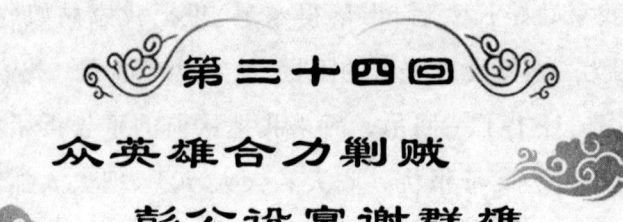

第三十四回
众英雄合力剿贼
彭公设宴谢群雄

　　上回说道刘芳三人商议救出彭大人。先写一封书信,写明了山寨的情况和水牢的情形。让那义仆周庄送到张耀宗手上,让他们赶来援救。周庄领命,半夜出山寨送信去了。刘芳写完信,回到牢房,假装把自己绑在那柱子上。到五更的时候,听见红龙涧水面上喊杀声四起。刘芳知道是救兵到来,和那杨香武逃出牢房,到后院去找戴奎章去了。这边王媚娘早撒了个谎,说有新抢来的粮草要运进来,让喽啰兵打开水闸。这边玉面虎张耀宗、武杰等人乘坐船只来到红龙涧。那戴奎章正在睡梦之中,忽有人来报说:"寨主不好了,江面上有很多官船直奔山寨而来。"戴奎章说:"别慌,咱们这山寨有两道水闸,就像两道大门一样,大门一关,叫他们飞都飞不进来。"谁知那喽啰兵说:"寨主,你不是让拉起水闸了吗?那些船只现在都已经过了两道水闸,马上就到山寨。"戴奎章一听这话,身上的十魂掉了七魂,大怒道:"我何时发过命令来着?"那小喽啰回答:"姑娘说是有粮草运进来,让给打开的。"戴奎章一听,提上长刀,就要到花园去杀那王媚娘。刚走到门口,正好和刘芳撞个正着。双方抽出兵刃,打杀起来。这边水面上，众多逃窜到此地的恶贼，见那官船到来，十分恐慌，命小喽啰们上船只抵抗。只见红龙涧狭窄的水面上，一会儿竟挤满了大大小小、不计其数的战船。有射短箭的，有放长矛的，有舞大刀的，有掉脑袋的，有断腿脚的，喊杀声一片。

王媚娘乘乱来到水牢，杀死水牢口守兵，正要吊绳子下去救彭公出来。忽听后面那压寨夫人摆开四十喽啰兵，一声喊嚷说："王媚娘，老娘待你不薄，没想到你吃里爬外，竟然勾结官府来攻打红龙涧。我今天亲手结果了你。"那王媚娘道："你快让开，我的亲生父母被那狗贼戴奎章杀死，我今日誓报此仇。念你抚养之恩，我不想与你刀兵相见。"压寨夫人话没听完，挥剑刺来，王媚娘也只有招架。石铸在水牢下面听到上面打斗起来，对那彭公说："彭大人，我听上面打斗得厉害，应该是上面贼寇太多，怕是救兵不好下来。不如我还背着大人从这水路出去，找个船只，渡过河去？"彭公说："有劳壮士。"石铸背起大人，从水中奔命似的往前游。游了一阵钻出水面透气，回头一看，叫声不好，后面两队高大的飞虎船追赶过来。只听有人在船上喊道："拿住那赃官彭朋的，大爷赏银一百两。"这两队飞虎船两边一碰，便将那石铸围在当中。石铸背上背着一个人，不大得力，逃也不好逃。彭公在石铸背上，见贼寇很多，便说："石铸，我看你顾前不能顾后，顾左不能顾右，背上背着我怎么能打仗？不如把我扔在水中，倒能落个全尸，免得被贼人擒去。你逃去告诉张耀宗，让他带兵来为我报仇。"石铸一听这话，如万箭穿心，非常难过，便在水中对彭公说:"大人如此看得起我石铸,我怎么肯扔下大人独自逃跑?今天我活跟大人活,死跟大人死。"大人一听石铸这话,心里也十分难过。只见那几个贼寇笑着说:"看你们今天是插翅难飞了。我们就是不动手,你们也会乖乖上来求饶的。只是我们没有耐心等了。"对着水里就要响梆子放箭,那石铸知道彭公背在背上,大叫不好。正在危急的时候,听见水面哗啦一声,从贼人船缝中钻进一只叫浪里钻的小船来。此船个头很小,十分轻便。船头站立一人,身穿麒麟宝铠甲,腰间挂一把长剑,对着那石铸喊道:"石大哥,快把大人背到这里来。"石铸一看,知道是龙山的忠义侠马玉龙,急奔过来上船。马玉龙吩咐身后的猛士调转船头,一个长蛇钻草,又从那飞虎船中间钻出来,划到官军船队中。那张耀宗站在船头,诸葛鼓一响,向那飞虎船连放机轮竹炮,将那几只飞虎船炸得人仰船翻,几个喽啰兵在水里蹿跳,都被杀死。彭公吩咐马玉龙带着水队,同石铸浮过去捉拿贼寇。马玉龙带二百水队,同石铸浮过水去,来到山寨。此时李佩、李环等人被几百喽啰兵围在当中,杀得难解难分,官兵上去帮忙。石铸同那马玉龙二人来到后院,看到那刘芳正和戴奎章厮杀,二人上去帮忙。戴奎章见势不妙,拔腿就逃。二人紧追不舍,戴奎章一直朝江边跑去,一个猛子,扎到水里去了。石铸和马玉龙也跳入水中,三人各摆兵器,来往恶斗。原来马玉龙也深通水性,水内战斗最是他的能处。两人合力,一会儿就将那戴奎章擒上岸来,交给彭公,王媚娘也从后边把那压寨夫人押过来。这时众多贼寇都已被官兵捉住,彭公命张耀宗派兵搜查,各处捉拿逃窜的贼寇,他带着众人自回公馆。

次日在宣化府开堂审理,戴奎章等人见大势已去,都服法认罪。只是那王媚娘念及压寨夫人的养育之恩,一再求情,彭公开恩,赦免其罪过,其他山寨盗寇都秋后处斩。彭公一边命张耀宗大摆庆功宴,答谢众人救命之恩,一边拟奏章上报朝廷红龙涧造反之事。保举张耀宗、刘芳等人为朝廷命官。在席间,彭公又做媒将那王媚娘许给刘芳为妻,将那胜玉环许为武杰之妻,将那石铸和马玉龙收归帐下听用。

且说上回书中说过一个叫胜官保的少年,是那胜奎之孙,胜玉环之弟。那日听见众英雄到红龙涧救钦差彭大人,想去凑热闹,结果被爷爷胜奎看得紧,出不去。这日又听说,彭公在大摆宴席,答谢众英雄,心想:"不如我去投靠钦差彭大人,成就一番功名,让众人都刮目相看。"于是偷了几包解毒镖的解药,几十两碎银子,由后门逃出去了,后来果然干出一番惊天动地的事来。要知是什么事情,且看下回分解。

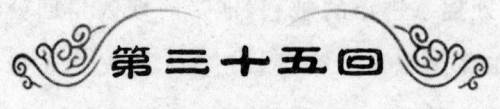

第三十五回
胜官保遭遇顽贼
勇石铸以一敌四

上回说道胜官保逃出门去，想干出一番惊天动地的大事。话说这一日，胜官保正在酒楼吃饭，忽然听见楼下咋咋唬唬地上来两个人。这两个人长得都是非常有特点，前面一个身高八尺，黑脸膛，浓眉大眼，天灵盖上长了一个大肉疙瘩，身上穿着青洋布大衫，脚蹬青缎抓地虎靴子。后面一个稍矮一些，身高六尺有余，面皮微黑，长了一个大大的鹦鹉鼻子，一张大大的裂腮嘴，身穿蓝布大褂，青洋绉褂裤。胜官保看见这两人，只觉得眼熟。在心里暗自一想，忽想起前日在城门上贴的画像正是此二人：独角鬼焦礼，地理鬼焦智。心中暗喜，因为自己立功的机会终于来了。

看这两人身高膀圆，胜官保怕凭一己之力难将二人抓获，所以就急匆匆地直奔衙门而去，想多叫些捕快来。哪知那值班的门讯，硬要胜官保出示凭据，胜官保无奈，只好又返回酒楼。此时，胜官保已打定主意，使出浑身解数，定要将此二人缉拿归案。正要上楼之时，同一个行人撞了个满怀，胜官保正要发怒，定睛一看，原来此人竟是人称碧眼金蟾的石铸。

原来这石铸自从上次救出彭公后，被彭公收在帐下听用。正巧彭公准假几日，这一天也是行路至此，正值晌午，觉得有点饿了，来此吃点饭食，正巧遇上了胜官保。

书中交代：这石铸母亲因为曾被胜奎救过，所以石铸视胜奎为恩人，两家常来往走动。这石铸可以说是从小看着胜官保长大的，石铸视胜官保如同弟弟一般。胜官保一看喜出望外，急忙把石铸叫到无人的角落里，耳语了一下楼上的情况。石铸一听，心想："真是'踏破铁鞋无觅处，得来全不费功夫'，这下撞到老子枪口上了。"说时迟，那时快，石铸三步并作两步，蹿到二楼，一抖手中的丈二鎏金棒，大喝一声："你们两位贼人，哪里逃？"这一声大吼，将正在喝酒的焦氏兄弟吓了个半死，手中的酒杯"当"的一声掉落地上。二鬼以为是官府追兵来捉拿他们二人，心中暗想"三十六计——走为上"，二人互相使了个眼色，只见一个鹞子翻身，径直从二楼跳到街面上。

哪知，这石铸是粗中有细之人，早安排好胜官保在楼下等着。待二人刚落地面，就见胜官保挥着生风檀木棒打来。二人不敢恋战，撒腿就跑。这时，石铸也从楼上跳下来，同胜官保一起追二位贼人。

由于石铸与胜官保都没吃饭，追着追着便觉体力不支，脚步渐渐变慢，追出北村口，路遇一条岔路，却独不见二位贼人的身影。无奈之下，只好分头去找，石铸往西，胜官保往东。

石铸往西追出了四五里路，眼见前面有一个树林，待他走近一看，发现二鬼正在一棵树下喘着粗气歇息。此时，二鬼也看见了追至此处的石铸。一看石铸此时是独身一人，且天色渐晚，地理鬼焦智讲道："大哥，今天咱们也跑不了了，莫不如来它个鱼死网破。"独角鬼焦礼点头称是。这二人摆好架势，从包袱里拿出撒手锏：虎尾三节棍。这三节棍好似虎尾钢鞭，可前可后，可左可右，轻则伤筋动骨，重则一命呜呼。但石铸的丈二鎏金棒也不是吃素的，舞得是虎虎生风。只见这三人打得是难解难分，直到太阳西沉。

忽然从东面的树林中刮来一阵阴风，石铸不由得打了一个冷战。只见一个和尚从树林里跳将出来，手中挥着一个飞星蒺藜锤，大叫道："焦家兄弟不必害怕，我来帮你二人拿住这石铸。"接着照石铸便打。石铸定睛一看，原来来人是飞云。

俗话说：无巧不成书，这飞云在外犯了事以后，也不敢回以前的寺观久留。他在外躲了几天风声后，又匆匆上路，正好路过此片树林，听见里面有打杀声，仔细一看，原来是焦氏兄弟，便跳将过来帮忙。他与焦氏兄弟本来就认识，曾经在一起做过一些大案，在一起喝过酒，与焦氏兄弟的感情虽不是兄弟，却胜似兄弟。就问道："三哥、四哥从哪里来的？为何和石铸在此打得难解难分？"焦礼边打边应声答道："这石铸甚是可恨，我二人在酒楼吃酒正欢，他就追杀过来，且紧追不放。贤弟，你我一同合力将这狗人拿住，碎尸万段。"石铸一看这架势不好，一来以一敌三，自己体力渐已不支，恐难招架；二来天色渐晚，怕中途又起变化。

心中正在盘算之时，又一人跳将出来，这人是清风恶道于常业。他和飞云和尚犯事以后，就此走散，一路打探追寻至此。看见四人正杀得天昏地暗，也不问缘由加入进来。他举起手中的滚珠宝刀，照着石铸面门劈来。这石铸也算一条好汉，他一看以一敌四，心中暗自叫苦，可脸上却不动声色，心中暗自想着退路。这正是：好汉以一敌四，顽贼以强凌弱。

石铸面临险境，正在思量如何全身而退的计策。正在这时，只听得一声大喝："石大哥，闪开。"石铸一个旱地拔葱，跳出圈外。只见眼前"嗖嗖嗖"划过几道银光，快如流星，急似闪电。石铸认得这正是胜家庄的独门暗器，江湖人称"子午闷心钉"，不由得心中一阵暗喜。如果被这种暗器刺中心脏，会从子时到午时一直觉得胸闷难当，如无解药就会气绝身亡。石铸知道，一定是胜官保过来搭救他了。而这时清风恶道于常业由于躲闪不及，还是被划伤了手臂，气得"哇呀呀"大叫，也不顾石铸，又将滚珠宝刀抢向胜官保。只见胜官保将他的紫檀棍高举着迎刀而去。这清风恶道心想："你一个毛头小子的一根烂木棍，能是我滚珠宝刀的对手？你就等着受死吧。"想到此，不禁心中暗自一乐。哪知，这滚珠宝刀碰到那紫檀棍，非但没把它砍断，反而被"铛"的一声挡了回来，那清风恶道也被这巨大的力量掀翻在地，好久没爬起来。他哪里知道，这个看似普通的木棍，其实大有玄机。这就是胜家庄代代相传的法宝之一。它是从生长千年的紫檀树的树心取材而成，这种树放在水里会沉入水中，经长时间浸泡亦不会腐烂，然后将桐油刷上，暴晒七七四十九天。所以，硬如生铁。焦氏二鬼及和尚一看不妙，就向恶道使了一通暗语，趁着夜色溜之大吉。

那胜官保如何知道石铸正在遭到贼人围攻呢？原来，自从晌午在岔路口同石铸分开追捕贼寇后，胜官保一口气追出了十五六里路，也没见贼寇的影子。见日已偏西，心想石铸大哥可能已经回去了，就回到酒楼。谁知，一问店小二，石铸大哥还没回去，便急忙返回去找。正好赶上了危急时刻，也就出现了开头的一幕。

这胜官保正年轻气盛，提起紫檀棍就要追贼人而去，却被石铸一把拉住，在其耳边如此这般地耳语一番，胜官保这才住手。欲知后事如何，且看下回分解。

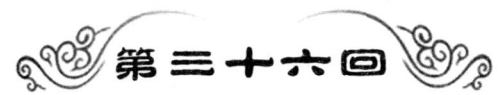

第三十六回
胜玉环寻弟未归
胜官保古庙救姐

原来这石铸一来看天色已晚，他一个毛头小伙，再追下去怕这些贼人被逼急了要出什么阴险的花招；二来，石铸心想莫不如先放虎归山，待各路英雄聚齐在一起，把他们的老巢都给端了。

待那几个贼寇走远，石铸和胜官保才发觉他们几乎一天水米未进，这肚子现在已经"咕咕"乱叫了。这石铸毕竟是江湖中人，认识一些野果，只见他跑到树林里，从树上摘了一些野杏、山桃，用衣服兜了，分于胜官保，一起边走边吃。不知不觉，等二人走到镇上，天已微亮。

二人赶紧进酒楼，未等歇息，就看见店小二急匆匆地跑来，边跑边嚷："不好了，胜少爷，大事不好了。"石铸及胜官保二人一看，有些摸不着头脑，忙招呼小二坐下慢慢谈。"别着急，先喝口水，到底怎么回事？"石铸沉稳地说。"胜家庄的胜庄主派胜小姐去找胜少爷，可没找到，庄主就埋怨了几句。谁知一早丫鬟去喊胜小姐用膳，发现胜小姐已经不见了。现在，胜家庄已经闹翻天了。少爷你赶快回去向老爷请罪吧。"石铸一听也点头称是，一想这件事他也有责任，便说："我也一同去吧,一起向老爷说清情况。相信老爷会原谅的。"

可是,这胜官保你别看他仅有十四五岁,在江湖上行走也多少有些时日,也是一条汉子。他说:"这事是因我而起,我自己定当承担全部责任,与他人没有关系。再说,我姐姐胜玉环出走,也是因我而起,我只有找到她才好向爷爷交代。"说罢,不顾众人阻拦,回到客房简单收拾一下行李,便踏上寻找胜玉环之路。

话说这个胜玉环也是一个急脾气的人,一来受不了爷爷的责骂;二来觉得没找到弟弟,心有不甘,所以一宿没睡,天刚蒙蒙亮就从院里跳出,又去寻找弟弟。当时,因为需要在路上奔波,她就卸下身上的衣装首饰,一副素朴的道姑(修行的女道人)模样,只是随身携带了一些盘缠及一把单刀和镖囊。

这胜官保先去画坊,找到一位老画师,让其根据自己的描述,将胜玉环的模样八九不离十地画出。然后便拿着这幅画像,一边赶路,一边到处询问。

这一日,胜官保来到一处道观前,见离道观不远处有一间低矮的草房,胜官保此时走得是又累又渴,便三步并作两步,来到草房前面。一来能寻口水喝,二来可以打听一下姐姐的下落。这草房内有一个老妪,正坐在纺车前"吱吱呀呀"地纺线,胜官保喝完水后,便把画像拿给老人观看。老人看完以后,说前几日有一个道姑打扮的女子,前来这个道观投宿,与画像上的人儿有几分神似。胜官保又将姐姐的身高体貌等大致特征讲给老妇人听,老妇人听后觉得正是此人。

胜官保一听大喜过望,急忙来到这座道观门前,抬眼一看,上面有块泥金匾,上面写着"敕建玉圣庵"。只见这座道观在青松翠柏的掩映之下,显得甚为安静。他先到东角门敲了几下门,并无人答应。心想:"这道观庭院幽深,想是敲门也未必能听见。不如先进去,再向道长告罪不迟。"但说时容易,做时难。列位看官可能以为,凭胜官保的一身武艺,翻进这个小小的道观,还不是张飞吃豆芽——小菜一碟嘛。列位看官可能有所不知,这个道观是依山而建,院墙大多依傍险峻的山崖而建。但咱们的胜官保不愧是少年英雄,只见他仔细地打量了一下整个道观,发现在山崖的峭壁上生长着一棵古松,它的枝丫正好伸到了院子里。这时,胜官保紧了紧绑腿,把紫檀棍用力往下一撑,"蹭"的一声,蹿到了树上。然后,一个鹞子翻身稳稳地落在了院子里。

花开两朵,各表一枝。这石铸待胜官保走后,左思右想,觉得放心不下,一日以后,循着胜官保的方向快马加鞭地赶去。

胜官保四下打量了一下这个庭院,共有三层大殿,殿内各路神仙倒也齐全,只是大都蛛网交织,香火也不见旺盛。胜官保救人心切,也没有多想,就挨个寻找起来。在路过第二层大殿时,忽然听到隐约有女子的求救声,可仔细看看周围,大殿里除了一尊尊神仙塑像外,并无他人。"也许是这几日连日赶路,过于劳累,耳边产生幻觉吧。"胜官保心想。

可过了一会儿,那声音又从耳边响起,且越来越清晰。胜官保仔细地听了听,这声音仿佛是从地砖下面传出的。胜官保就用手中的紫檀棍把地砖逐一敲打,果真发现在蒲团(道士打坐时的垫子)下面,有一块地砖的响声同其他的地砖声音不同。胜官保仔细听了听,那求救声就是从这下面传出的,且十分熟悉。"有什么办法可以把地砖敲开呢?"胜官保心想。他仔细看了看这块地砖,从表面上看同其他地砖并无不同,也是嵌得严丝合缝。一时竟让胜官保没了主意。偏巧,这时也不知从哪里跑来一只野猫,在他背后"喵"地叫了一声,吓了胜官保一跳。几日来,胜官保一直在找人,累得精疲力尽。现在,人已经找到,却无能为力,一只野猫却又来添乱。胜官保几日来的火气一直无法发泄,照着那只猫儿挥棒打去,谁知那猫儿反应倒也敏捷,"哧溜"一声逃了,反倒把放在香案上的香炉给打翻在地。胜官保正待发火,谁知,耳边却传来"隆——隆"的声音。这声音究竟来自于什么地方?欲知后事如何,且看下回分解。

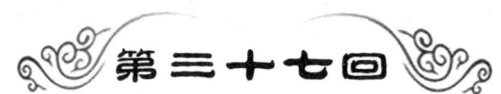

上回说道胜官保听到大殿内传出"隆——隆"的声音,以为是大殿因为年久失修,在山雨的长期侵蚀之下,已经行将倒塌。他也来不及多想,只一个跟斗,跳到大殿外的空地上。待了一会儿,"隆——隆"声消失后,大殿却依然屹立不动。这时,胜官保小心翼翼地走进大殿,四下一看,蒲团下面的那块地砖已经打开了。原来,胜官保刚才不小心打翻的香炉就是开启地宫的机关。

胜官保一个纵身跳入地宫,原来在这地宫里关着的不是别人,正是胜官保日夜寻找、朝思暮想的姐姐——胜玉环。胜官保的姐姐不是出来寻找她的弟弟吗?为何现在会被关在这样一座道观的地宫里呢?这就说来话长了。

原来这玉圣庵并不是什么正经的佛门禅寺、修身养性的胜地,它是一个挂羊头卖狗肉的地方,虽说名为禅寺,却干了不少蝇营狗苟的恶事。当地百姓对此也是敢怒不敢言。这个庙里的当家姓乌,名赛花,本是个绿林女贼,为了躲避官府的缉捕,逃到此处。她看此处环境清幽,远离集镇,且人迹罕至,不易被官府察觉,正是一个隐身藏匿的绝佳之处,一不做,二不休,将以前的住持从寺里赶了出去,并诓骗两个十六七岁的良家女子做她的徒弟。庙中还养着七八个婆子,八九个打手。从此,这庙便日益冷清,香火渐稀。这女贼也是一个聪明之人,她一看长此以往,自己的生活将难以为继。便凭着自己的几分姿色,同附近山寨上的贼寇头目勾搭成奸。平日里的吃穿日用,都由山上的喽啰送到庙里。而她也会在附近的村寨及来往投宿的行人中,绑取有姿色的女子,送到山上供大王享乐。

前几日,这乌赛花正在庙中闲坐,忽然听到外面似乎有人敲门,便让婆子去看个明白。过了一会儿,婆子回禀道:"来了个道姑投宿。""大约有多大?"乌赛花心不在焉地问道。"约二十岁的光景。"婆子答道。"那就让她进来吧。"乌赛花吩咐道。

这来者正是胜玉环,她自从半夜从胜家庄出来后,由于临走时较为匆忙,身上所带的盘缠已经花费得所剩无几,无奈只好到这座庙庵里投宿。

婆子把门打开,过了二层殿,走东边屏门进去。胜玉环念声阿弥陀佛,与乌赛花彼此见礼。乌赛花将她上下打量了一番,见胜玉环虽然连日来风尘仆仆,脸显倦容,但也难掩眉目的清秀。乌赛花心中顿时就有了主意:"这几日大王三番五次地催我再找几个漂亮的女子供他玩乐,可这荒山僻壤早已寻完问遍。现在,正好有人送上门来,何乐而不为呢?"想到这,乌赛花不禁心中暗喜,但表面上仍不动声色地让胜玉环落座,并吩咐婆子上茶,与胜玉环热切地攀谈起来。

二人互问经卷，胜玉环都对答如流。两人越聊越近，不知不觉，天色已经近晚，吃完晚饭，二人各自回房休息。

次日早晨，玉环要走，乌赛花苦苦相留。摆上早饭，并向婆子使了个眼色，过不多久，婆子抱上来一个古色古香的坛子。乌赛花说："这是我们寺庙用这山上的千年古泉水酿制的米酒，喝完以后，可以驱乏解困，可以使你赶路更有精神。"这胜玉环本不擅于饮酒，但看见她如此热情，也不便推辞，就举起酒杯，小酌了一下。这时，乌赛花的嘴角掠过一丝不易察觉的微笑。喝完这杯酒后，胜玉环一看天已放白，就起身向乌赛花告别。但刚走到门口，就感到头晕难耐，眼前天旋地转。此时，她已明白了几分，可已经无济于事了。这时，乌赛花大喝一声："来人！把这个小女子给我关入地宫。"

胜官保听到此处，已经明白了八九分，不禁恨得咬牙切齿，真想将这个破庙打他个稀里哗啦，把那个贼人拿去见官。可是，现在姐姐被关在地宫已有多日，体质虚弱，先找个地方把她安顿一下最为紧要。想到这，胜官保背着姐姐，一个旱地拔葱，从这地宫中跳将出来。胜官保四下寻找了一下，这个寺庙此时并无一人，胜官保找了一间较好的斋房，把姐姐安顿下来，然后找来些水与食物，来为姐姐调养。

正在这时，寺庙外忽然传来喧闹嘈杂的车马声。原来，这乌赛花自从将胜玉环关入地宫之后，当天晚上就关了庙门，跑到山上找那个大王领赏去了。在山上同大王厮混了两天后，就邀请大王一同前往寺庙消遣。这个大王刚一进庙门就迫不及待地想见见被关在地宫里的胜玉环。乌赛花急忙差遣家丁将她从地宫中提出。可是，婆子刚去了不一会儿，就急匆匆地跑回来喊道："不好了，大事不好了，胜玉环她不见了。"这一下，可把乌赛花气得脸色突变。大王一听马上火冒三丈："老子好吃好喝地供着你，你竟然敢耍老子。"这个乌赛花也绝非浪得虚名之人，她一边向大王赔着不是，一边保持着镇定，想着接下来该怎么办。她心里暗自盘算：一来这古刹周围人烟稀少，二来这庭院高深，再者这地宫有两丈多深，看来能将胜玉环从此处救走之人，绝非等闲之辈。乌赛花带着庙里的几个家丁，看完地宫后，在几个大殿周围又察看了一遍，忽然她发现灶房的炉膛里，还有未燃尽的柴火。便急忙吩咐手下，把庙里的所有出口一一封锁。原来，这乌赛花一看到那灰烬就知道，肯定是有人烧火做饭为胜玉环疗伤，且他们应该还在寺庙并未走远。

　　乌赛花如此这般地在大王耳边叮嘱了一番，大王会心一笑，随后一帮家丁就在寺庙里逐一开始查找起来。这时，胜官保也已经听到了外面的动静，而且离他们越来越近。胜官保此时该如何是好？欲知后事如何，且看下回分解。

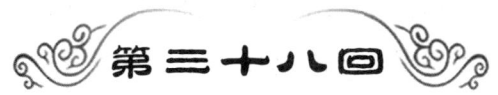

第三十八回
胜官保古庙斗贼
石铸带兵巧解围

　　上回说道乌赛花的家丁离胜官保住的斋房已是越来越近。胜官保心想这样躲着也不是办法，再者，他早就想亲自杀了这个女贼，心中早已是怒火中烧，正好现在她送上门来，让她也知道她胜爷爷不是吃素的。想到这里，胜官保不顾姐姐的阻拦，提起紫檀棍，一个箭步冲出门去。那些喽啰哪里是胜少侠的对手，三下两下地就被胜官保打得是屁滚尿流。"快些滚去，把你们家主子喊来，就说有位胜爷爷在此等候多时了。"胜官保朝一个喽啰的屁股上狠踹一脚。

　　话音未落，只听一个轻柔的女声传来："呦，是谁这么大的火气啊，敢在老娘的地盘撒野？"胜官保抬眼望去：只见一个年轻的少妇，生的芙蓉粉面，头上青绢帕罩头，身穿蓝绸汗褂，品蓝绸中衣，系着银红洋纱汗巾。在她身后还跟着两个小尼姑，各带单刀。"原来你就是坑害我姐姐的那个女贼。哈哈，你先出招吧，免得说胜爷爷我欺负女流之辈。"胜官保说道。这乌赛花倒也不客气，拔出单刀向胜官保的命门刺去。胜官保早有防备，一个侧身躲过，而后一个回旋腿，将她手中的单刀踢出丈八远。这乌赛花小看了这个毛头小伙，

"嗖"的一声从袖筒里甩出一枚飞镖,扎向胜官保的胸口,没想到竟然被胜官保稳稳地拿住。这个乌赛花一看不妙,一个鹞子翻身跳出院外。胜官保正要去追,没承想却被一杆银枪挡住了去路。

胜官保仔细一瞅,来者绝非善类,此人身高八尺以外,头大项短,面如紫玉,盘着辫子,蓝绸裤褂,薄底快靴,手擎银枪一杆,带着十来个打手。胜官保一看,心里已经猜出八九分,便问道:"来者何人,为何挡我去路?"来人倒也不客气:"大太爷名叫吴通,绰号人称小孔雀,我是凤凰山的寨主。这玉圣庵是我的家庙,我倒要问问你为何在此撒野?"

胜官保一听,气不打一处出,也不言语,抢起紫檀棍,照着吴通的脑袋就打将过去。这吴通也不是善茬,把银枪一挑,挡了回去。二人就这样你来我往地打斗了几十回合,也未分出个胜负。这吴通眼见不能取胜,就使了一诈,佯装打不过,跳出圈外。胜官保正要去追,只见吴通把手腕一抖,手中的银枪像孔雀开屏一样,"呼呼"地裹着旋风,直冲胜官保而来。原来,这就是小霸王吴通的绝招,江湖人称孔雀开屏。这一下,出乎胜官保的意料,就在这千钧一发之际,说时迟,那时快,"铛"的一声,这团"银旋风"被挑落在地。胜官保一看,喜出望外:"石大哥,你怎么来了?"这吴通一看也愣了一下。正在这时,乌赛花也急匆匆地跑来说:"大哥,不好了,咱们快些跑吧!官兵已经把寺庙包围了。"

原来,这石铸出来寻找胜官保时,吸取了上次的教训,到当地官府陈明情况,知府一听他与彭大人的关系,欣然答应让他带着一些人马前往，如若不够还可以再次增派。这石铸挑了匹快马，沿路边打听，边星夜兼程。赶到时，正好看见吴通欲加害胜官保，也就有了前面的一幕。

这时，只听得外面喊杀声震天。这山大王吴通一看，手下的兄弟已经死伤过半，再拖下去势必凶多吉少。无奈之下，只得一个跟头翻出墙外，带着那些剩勇残兵，向着凤凰寨的方向跑去。

石铸一看这山贼正在逃回老巢，心想："这次兵强马壮，再不可让这群贼人逃脱，杀到他的老巢，来个连锅端，顺便还可以补充点粮草。搂草打兔子，何乐而不为呢！"想到这，一下跃到马上，喊了声："兄弟们，冲啊，切不可让这帮贼寇脱逃。"只听一阵阵马嘶，那些官兵也都调转马头，向着贼人逃窜的方向追去。

话说这石铸解救了胜官保后，因为急于追捕贼寇，也就没顾得上和胜官保打声招呼。等到众人都散去之后，胜官保看看满地死伤的贼寇，才想起姐姐还在斋房里等着呢。他回到斋房，发现姐姐还在床上躺着，便长舒了一口气。心想：如果把姐姐放在这荒山古庙也不是办法，莫不如把姐姐安放在庙旁那个老妇人那里，一来有个照顾，便于她恢复体力；二来等姐姐恢复体力后，也好一起回去向爷爷解释。想到这，胜官保便把自己的想法告诉姐姐，姐姐也知道胜官保的脾气，只得点头答应。

这胜官保把姐姐安顿到老妇人家中后，嘱咐了一番，从怀里掏出几两银子，希望买几只鸡给姐姐调理一下身子，剩下的全作为微薄的酬谢。然后,便翻身上马,弯曲的山路只留下一阵扬起的黄尘。

话说这帮贼寇一路上疲于奔命,也不敢回头去看,等跑到山寨附近时,这山大王吴通下山时带的五百多喽啰只剩下不到五十人。其余的不是在古庙被官兵们杀死,就是在逃跑的路上被石铸擒获。这吴通来到山寨前,急忙让人通知大哥把山门打开。守门的喽啰也不敢怠慢,得到口令后将吴通迎进山寨。吴通所谓的大哥,并非其亲兄弟,而是两人因禀性相投,共同占山为王,并且一起拜过天地,同饮过一碗鸡血酒的拜把子兄弟。此人姓周名治,左手擎一面藤牌,右手擎一把钩镰刀,江湖人送绰号小鹞子。

这周治看到贤弟如此狼狈地回来后,顿觉十分惊诧。小凤凰吴通一看到大哥,一下子跪倒在大哥面前,将今天的经过一五一十地向大哥哭诉。这周治一听贤弟竟然受到如此侮辱,也不禁怒火中烧。但他隐隐约约觉得敢上得这凤凰寨之人,绝非等闲之辈,便心生一计,就如此这般地在吴通耳边言语一番。没承想,这吴通竟然破涕为笑了,并拍着大腿连声称好。欲知后事如何,且看下回分解。

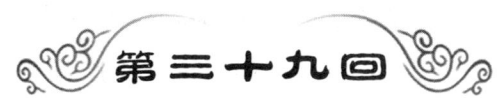

第三十九回

胜官保智破奇阵
小鹞子再施奸计

　　上回讲道这小鹞子周治的计策竟然让吴通破涕为笑。正在此时，一个喽啰慌慌张张地来报："禀报大王，寨门外一个英武大汉，带着一群官兵在外面大叫，并声称要踏平我们凤凰寨。""好啊，说曹操曹操到，正好让我会一会他。也好为我的兄弟报仇。"周治安顿了吴通，手提着兵器，来到寨门前。

　　"打我贤弟之人，可就是你？"这周治一边大吼，一边使了一个鹞子翻身，从山石上跳下。"呵呵，不错，正是在下。你们这些蟊贼真是嚣张，朗朗乾坤之下，竟敢与官府为敌。还不快快受降，或可免你们一死。"石铸面无惧色地高声答道。

　　"哼哼，小子口气倒不小，少废话，先吃我一招。"说罢，将手中的刀使了个白鹤亮翅，斜刺过来。石铸把手中的鎏金棒一抖，想摔他个筋斗。哪里知道这个贼人非常厉害，他把藤牌往地下一扎，蹲了一个马步，鎏金棒就被他硬生生地给支开了。又趁势一刀，石铸冷不防肩膀上被划了一道口子。二人就这样你来我往地打斗了几十回合，也未分出胜负。一旁观战之人，也不便上前相助。

打着打着,这小鹞子忽然手捂肚子,好像受了内伤,一旁的喽啰赶忙打开大门,将主帅迎了进去。这石铸一看寨门打开,这是千载难逢的机会,便也顾不得包扎伤口,大手一挥,指挥着人马就冲进了山寨。

谁知这正中了蟊贼的奸计。原来这山寨共有三座大门,这周治进入山寨以后,并没有直接往山上逃遁,而是将石铸及其大队人马引入了一个山坳之中,这个山坳四面都是大山,中间有一片开阔的空地,唯有一条路与外界联通。贼人周治通过山上垂下来的一条绳索爬到山顶上。石铸进入之后,才发觉中了贼人的奸计。

这时,从四面的山上下来了一群贼兵,整个山谷喊杀声震天。此时,刚才不见的小鹞子周治突然出现在山顶,手拿一面令旗。只见他把令旗一展,那些贼兵都往西南边打边走。五六百个贼兵将石铸及其人马围在正中。石铸往东闯,越杀人越多,实在冲不出去。他们往南闯,这些贼兵又围了上来。石铸看了看四周,实在不知这到底是个什么阵势。那些官兵们也开始议论纷纷,一个个哭爹喊娘的。正在这时,只听得山上响了一声梆子。众贼兵齐声高叫道:"阵内的你们这些人统统听着,我们在这山中已经擒住了无数英雄,如果你们这些官兵愿意投降,我们可以饶你们不死。如果愿意留下来的享尽荣华,不愿意的,我们的山大王可以发给他赏金,作为盘缠。"石铸一听此言,气得大骂道:"我石铸生是大清的人,死做大清的鬼,哪能向你们这些蟊贼投降?你们做你的美梦去吧。"这些官兵一看主帅凛然不为所动,也都吃了颗定心丸,大骂起那些贼兵来。

可说归说,石铸还是没有想出破解此阵的办法。石铸心想:"枉我石铸一世英名,没承想却死在这些个蟊贼手中。"此时,又是一声梆子,从四面的山上"嗖嗖"地射下无数支冷箭。石铸身边的官兵有些中箭倒在地上。石铸此时绝望地拿起手中的剑,多年的江湖生涯在他的灵魂深处已经深深地烙上了这样一个印记:不成功,便成仁。

"石大哥,住手!"正在此时,传来了胜官保的声音。原来,胜官保追击至此,发现石铸大哥已不见踪影,一种不祥的预感涌上心头。他来到山头一看,原来石铸大哥被围困在这山坳之中。

这个胜官保小时在家,在父亲的教导下也曾读过一些《六韬》《孙子兵法》之类的兵书。他在兵书上见过这种阵势。此阵名叫四门斗底阵,阵眼一般在北面,那里竖着一杆大旗,上面有一个刁斗(可以站人的台子),斗内有四个人,拿着青白红黑四面旗子,阵内之人要往东,刁斗之内象征东方的甲乙木青旗摇动,那些贼寇都由外往东,自然越杀人越多;阵内之人要往西,刁斗之内象征西方的庚辛金白旗摇动,那些个贼寇又会往西,四面都是这个样子。故要破此阵,必先破阵眼。只见这胜官保把手中的紫檀棍向着北面旗杆的刁斗上使劲地掷去,上面的喽啰应声倒地。石铸也指挥着官兵,一起把阵眼的旗杆推倒。这些贼兵都以令旗为号令,现在一看令旗已经不见了,便顿时乱了阵脚,像无头的苍蝇一样到处乱窜。

众人在山谷中杀得是难解难分

石铸急忙指挥着官兵和胜官保一起，趁乱杀出了一条血路。回头再看时，满山谷的尸体，却唯独不见小鹞子周治的踪影。

原来，这小鹞子周治本想用自己屡试不爽的四门斗底阵，将官军彻底地消灭在此地。没承想，半路杀出个程咬金，一个读过三两本兵书的毛头小伙竟然把自己苦心谋划多年的绝世奇阵如此轻而易举地给破了。他看到情势不妙，急忙回到大寨和自己的兄弟商议下一步的计划。他们这凤凰寨虽说山势险峻，且有三道寨门守护，但一朝一夕尚可，长此下去仍不免落入官军的手中。再说，经过此两次恶战，寨中的兄弟已经是死的死，伤的伤，可用之兵已经为数不多。无奈之中，只好向他们的兄弟求救。于是，小鹞子周治吩咐自己最亲信的手下，将一个画着天书一样符号的图纸交付与他。这个手下看了图纸后，在周治耳边耳语了片刻，周治点头称是，他便领命而去。约略过了半个时辰，他回到大寨，手中捧着一个四四方方的东西。

原来这是一个装饰精美的锦盒，上面雕刻着"天地四灵"：西方青龙、东方白虎、北方神龟、南方凤凰。打开这个盒子，里面是一层比一层精细的锦缎。在最里面的一层锦缎里包裹着"红、黄、蓝、绿"四色小球。这时，周治又吩咐另一个手下从他的卧室中取出一个金灿灿的长筒状的物体。这小鹞子周治到底又要玩什么花样？欲知后事如何，且看下回分解。

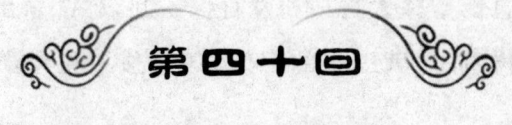

第四十回

徐胜及时来相助
众好汉深夜劫寨

上回讲道小鹞子周治让手下拿出个锦盒，而后又拿出个奇怪的东西。原来，那个锦盒里装的是四种不同危险等级的风信子，不仅会发出耀眼的光芒，还会散发出一种特有的味道，这种味道顺风可以传到百里开外。这个宝物是这些贼寇用来相互联系时所用，只可以使用四次，故不到万不得已不会轻易使出。这个宝物必须妥善保存，故这个小鹞子周治将它存放在这凤凰寨最高的峰顶的一个小山洞里，在那里可以防潮。如果没有小鹞子周治画的地图，一般人是不可能找到这个地方的。那个奇怪的东西就是用来发射这个药丸的火铳。

只见周治走出大寨，站在一处高地，将红色药丸放入火铳，只听得"嗖"的一声，天空腾起一团火红的焰光，并伴随着一股说不出来的异香。

话说，与这凤凰寨相隔二十余里也有一伙蟊贼，这日正在饮酒，忽听守卫来报，说凤凰寨方向升起一团红色的火球。这个为首的匪头，姓石名四禄，是天地会八卦教教主。听说以后，出门查看，并闻到了一股异香，心里"咯噔"一下，暗想大事不好，肯定是贤弟有难。于是，马上吩咐手下准备鞍马。他急火火地带着手下的喽啰向着凤凰寨的方向疾驰而去。

花开两朵，各表一枝。凤凰寨这边，石铸和胜官保来到第二道寨门前，看到这凤凰寨果真是易守难攻之地，要想攻陷此处，一场恶仗是不可避免的。于是，石铸就让胜官保带上印信，再去附近官府搬些救兵来。

胜官保得令后飞奔下山。走了没到十里路，忽见前面路上锣声阵阵，烟尘滚滚。仔细一瞅，前面有牙牌开道，后面紧跟着四辆车，两乘驮轿，靠前的车上还插着一面大旗，上书八个大字："奉旨宁夏镇总兵徐"。胜官保勒马站在山坡，看到头前一位有二十多岁，白胖子，脸庞倒也生得俊俏，头带着纬帽（清朝官员戴的一种官帽），上面插着翡翠翎管，三品顶戴花翎。身上穿着蓝色丝绸做的官褂，腰上系着官带，脚上蹬着青缎粉底京鞋，腰里还别着一把用绿鲨鱼皮作刀鞘的太平刀，一身行头很是威风。这个人不是别人，正是刚到此地上任一月有余的总兵徐胜。上次红龙涧事件，他因为处置得当，被彭公任命到此处。他此时正在各处寻访，刚好被胜官保碰见，胜官保将印信递上，又将情况简单向徐胜奏明。徐胜一听，勃然大怒。这次寻访，他对这伙匪贼危害一方的事实也多有所闻，只是一直没有合适的机会将其剿灭。

他急忙吩咐仆人从车上取出铠甲，并从队伍中挑选出一千人的精兵步队，列开队伍，马上前去迎战。一袋烟工夫，胜官保带着徐胜大人的兵马，疾驰与石铸大哥的人马会合一处。石铸一看是徐胜的兵马，心中自然十分高兴。这凤凰寨山势险峻,石铸派人轮番在寨门前挑战,可那伙孟贼就是闭门不出。原来,这周治与吴通兄弟二人,看到官军人数越聚越多,加之赶来救援的人马要到夜幕时分方能到达,故还是暂时以守为攻的好。果不其然,到了西方出现长庚星之时,石四禄才带着援贼赶到,被周治派的在此等候的喽啰从后山一条不为人知的小路引上了凤凰寨。

次日早晨,石铸又派人在凤凰寨前挑战。不多久,只听得里面三声炮响,从寨门内闪出两杆白旗,上面绣着两条滚金龙。大旗往左右一分,出来了大约三千个贼兵,个个头上缠着白绫缎,手中拿着大枪,腰中佩着短刀,身穿青布做的马裤和大褂,脚上都是清一色的藏青靴,上面绣着一朵白莲花。

总兵徐胜在马上一抬腿,把长枪摘了下来,往前一指,说:"你们这群贼寇,竟敢造反,哪个为首,快快叫他出来受死!"话音未落,只见从贼队中冲出一匹黑马,一副耀武扬威的样子。徐胜一看,此人头上戴着三角白绫巾,上面插着两根白鹤翎,勒着金抹额,身上穿着白缎子布做的箭袖袍,上面绣着蓝团龙花,脸大得好像银盆一样,浓眉大眼,手中擎着一条长枪。徐胜喊道:"来者何人,快快报上名来,本官不杀无名之鬼。"这人哈哈一笑道:"你家爷爷姓石名四禄,乃天地会八卦教教主,你们要是知道我的厉害,就快些退去。"徐胜说:"本官乃朝廷的命臣,剿灭你们这些匪贼是我的天职。"石四禄一听,火气冲天,催马提枪,照着徐胜的心口就刺去,徐胜也用枪相迎。两人大战了大概二十个回合,徐胜假装打不过他,拍马要逃,这石四禄就要去追,徐胜一个回马枪将他刺死。那些山上的喽啰一看不好,急忙关上寨门,又从山上推些滚木礌石下来。一时,徐胜竟也难以上前。

一连几日,山上的叛贼无论徐胜如何叫门挑战,他们就是闭门不出。徐胜一时也没有办法。这一天,他们正好抓到一个从山上逃跑的叛贼,通过审讯了解到,山上的粮草还足够他们维持一个月左右,且在后山原本有一条通向山上的小路,但现在已经被周治他们用石块堵塞,仅仅能够容一人通过。徐胜听到此处,一个计策涌上心头。他同胜官保及石铸如此这般地耳语一番。商定子夜时分,由胜官保带领人马从后山潜入,一路打开寨门,一路烧掉他们的粮草。入夜,胜官保穿上夜行衣,带着一帮人马,攀崖走壁来到大寨。此时,他发现小鹞子周治已经在大厅里喝得不省人事。胜官保心想:"莫不如来它个搂草打兔子,把这个贼王一起杀掉。"想到这里,胜官保一个纵身从屋脊上翻了下来。那些守卫听到声响,都抄起兵器向胜官保打来,这些乌合之众哪里是胜官保的对手,他三下五除二就把这些人撂倒在地上。这时,周治也已清醒过来,正准备起身去拿自己的兵器,胜官保眼疾手快,一个棒子抡过去,周治顿时脑浆迸裂,一命呜呼了。

此时,外面已经喊杀声震天,徐胜带领的官兵已经冲进了寨子。而此时有一个人却不见了,这个人是谁?欲知后事如何,请看下回分解。

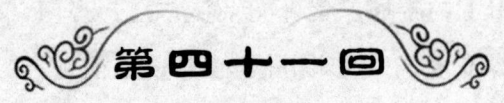

第四十一回
周翠香打擂招亲
恶僧毒镖使坏

上回说道有一个人不见了踪影,想必各位看官心中已有了几分明了,这个人就是凤凰寨的二寨主小孔雀吴通。他一看大事不好,就想着趁乱逃走。这一点早已被石铸料到,所以石铸在下山的路口严加盘查。这时,有一个老者银须拂面,蹒跚着走来,但奇怪的是这位老者面色红润,身体健硕,脸上没有一点皱纹。石铸心中充满疑惑,正欲相加盘问,那老者却健步如飞地向前逃走,这更让石铸疑惑不解。正在此时,一阵山风刮过,将那老者的胡须吹落,露出了庐山真面目。"贼寇,哪里逃?"石铸操起武器,向吴通追去。那吴通一看露馅了,便跑得更快了。就这样你追我赶,不知不觉来到了一处山涧,这吴通一看前面已无退路,后面石铸和官兵也在慢慢地包围上来。他心想:"我罪孽深重,即使不被砍头,也要被关在天牢中过完残生,还不如自我了断的好。"想到这里,他大吼一声,纵身跳下了山涧。

等石铸追至时,发现人已经不见了,石铸向下看了看,下面黑乎乎的一片,估计生还的可能性不大。加之天色已晚,就招呼人马同徐胜的部队会合去了。

天已大亮,凤凰寨的贼寇一律肃清。徐胜因为剿匪有功,被当地巡抚上报给当今圣上。康熙一听,心里非常高兴,传旨让徐胜进京受封行赏。因为胜官保还要回去同他的姐姐见面,所以这一帮英雄豪杰们表示祝贺后,就此同徐胜告别。

众人下山以后,行了几天,遇见了石铸的徒弟纪迎春,他是出来寻找师傅的,就这样大家一路结伴同行。这一天,来到一个集镇,只见人烟稠密,来往的商人众多。由于连日来赶路,已经人困马乏,大家一致决定找一个旅店歇歇脚。他们便向路人打听,路人指了指前面的一面大旗,上面写着:六合老店。大家走进店里,小二安排完房间后,有的人就待在床上休息,有的人就忙着到马厩给马添些粮草。而这个纪迎春还是个孩子年龄,就像猴子屁股坐不住,他向店小二打听着集镇上有没有什么热闹好玩的地方。店小二回答说:"客官您来得可真巧,这个地方叫周家集,有个财主叫周玉祥,因有百万家资,人称周百万。有个儿子死了,现在留下一个孙女,名叫周翠香。这个周百万平生喜爱武术,他想通过设擂的形式,为她的孙女找一个好人家。谁要赢了,就把周姑娘嫁给他。这个擂台已经摆了十几天了,还没有一人可以打得赢呢!客官如果有兴趣,不妨去看一看。"

纪迎春一听,便大步流星地走出门去。在集市的中心果然有一个围得人山人海的擂台,并不时有喝彩声传来。台子上面有一个老者正在宣读竞赛规则,刚宣读完毕,就听见正西有人大喊一声:"都闪开,看我的。"只见,有一人好似一股黑旋风,一拧身,蹿上擂台。此人身高七尺,姓牛名必。上台以后,也不多言语,一个黑虎掏心直冲周姑娘而来,大家都为她捏了一把汗。只见,周姑娘并不躲闪,不慌不忙,只微微地侧了一下身子,那个大汉扑了个空,刹车不住,一个跟跄跌到台下。人群中发出一阵哄笑。"牛大哥闪开,我来给你报仇。"他的朋友马松蹦上台来,也不多言语,挥拳就打,只三四个回合就被周姑娘一脚给踢到台下。台下又是一阵哄笑。

正在这时,只听见台下一阵的喧闹,蹿上一人来。这个人脸色黄得好像秋天的梨子,身上穿着蓝色绸子做的马裤和长褂,脚上穿着薄底的练功鞋,脖颈上盘着一条大辫子。那人来到台上,作了一个揖,说:"姑娘得罪了,在下领教一二。"正所谓来者不善,善者不来,这来到台上之人不是别人,正是那个恶淫贼飞云。

原来这飞云、清风恶道及焦家二鬼自从被胜官保和石铸打败,落荒逃跑之后,这四个人便相约去投靠别的贼人,路过周家集,便在此停留几日,这恶淫贼还想着在此再沾花惹草一下。因为害怕被人认出,这恶淫贼便换了身俗家人的衣物,还买了条假辫子盘在头上。

今日上街闲逛,看到有人打擂,看见上面的姑娘模样还算俊俏,就又起了邪念,于是就跳上台来打擂。此时,石铸和胜官保也正好出来找纪迎春。看到了擂台,胜官保仔细瞅了瞅正在台上打擂的汉子,在石铸耳边轻声说道:"石大哥,你觉不觉得台上的这个人有些面熟,好像在哪里见过?"石铸也若有所思地点点头说:"是挺面熟,好像和恶淫贼飞云比较像，但飞云是一个出家人，不会有辫子，也许真是有人和他很像吧，咱们先看看再说。"

这时，飞云将双拳在胸前一抱，说："出招吧！"姑娘看了他一眼说："好的，那我就不客气了。"两人就这样你来我往地打了几个照面。忽然，姑娘来了个回旋踢，飞云往旁边一闪，被姑娘一伸手就把辫子摘下，下面的众人齐声喝彩。

这时，台下的众英雄也都看得真切。这纪迎春虽然没真正见过飞云，但倒是常在府衙里见到通缉飞云的画像。一摆手中的锤子，跳上台去，照着飞云当头砸去。紧接着，胜官保等一干兄弟，也跳上台要捉拿飞云恶僧。这飞云一看全是彭大人手下的人，心中暗说不好，就且战且退，并暗自从袖筒里取出毒镖，向周翠香甩去。心想："要不是你这个小丫头，大爷今天也不会如此狼狈。"谁知，周姑娘并无防备，被毒镖击中后翻身栽倒。胜官保一看这个恶僧使出坏招，更加气愤，抡棍打去，被及时赶到的清风恶道的滚珠宝刀挡住。飞云和清风二人一看势单力薄，便又一起逃窜而去。

因为周姑娘已经身中毒镖，众人也不便追赶。而此时的周翠香嘴唇青紫，气息微弱。欲知周姑娘伤势如何，且听下回分解。

周翠香中了飞云的毒镖后倒在地上

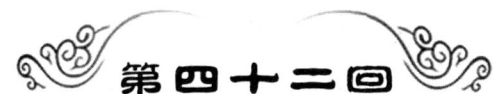

第四十二回

胜官保救人结良缘
纪迎春尿壶退顽贼

上回讲道周姑娘身中毒镖,伤势严重,被众人抬回周府。其实,这支镖并未打在关键部位。但是因为它是一支毒镖,江湖人称追魂夺命五毒镖,只要是见血,三十六个时辰后准是毒气攻心而死。这个周玉祥早年也曾学习过一些拳脚,对这种毒镖的厉害还是有所耳闻的。但是说到如何疗治这种镖伤,众人竟一时没了主意。

这时,一直在旁边默不作声的胜官保忽然想起爷爷让他带在身上的那个专治镖伤的锦囊,爷爷说过,这个锦囊对于五毒镖有奇效。只因当时他并不了解周姑娘受的是什么伤,故一直沉默不语。他对周玉祥说道:"老丈不必烦恼,我去试试吧!"胜官保跟着进了内宅,见周翠香已经是昏迷不醒了,那支镖正打在她的大腿之上。他叫人把镖取下来,然后拿出一包五福化毒散,叫仆人去院子里的泉眼里取一碗水,再去深井里打上来一碗水,两碗水混合在一起形成阴阳水。将化毒散让周姑娘喝下,并嘱咐后厨做青鱼汤,不放咸盐,用来发出毒素,只消两天,人即可康复。

周玉祥一看,这胜官保不仅人长得英俊,还有一身好武艺，便有心将孙女许配给他。他将这个想法说给了石铸。石铸也觉得不错，便答应帮忙。其实，当胜官保看到擂台上的周翠香之时，便已动心。只是，碍于众人的面子，不好意思开口。看到石铸大哥这么一说，心中自然很高兴，但嘴上仍推辞道："怕只怕家祖不同意啊！"石铸早已猜透他的想法，拍着胸脯说："没有问题，我自会同你爷爷说清此事的。"就这样，这门婚事就此算是定了下来。

话说那清风恶道与飞云走后，想着离此不远的癞头鼋吴元豹跟他们是拜把子兄弟，便直奔吴家堡而去。他们在吴家堡喝酒闲谈时，飞云提起了今天的事情，说："这石铸一伙一定住在周家集，我一定要把他们杀死，方能消除我心中的怨恨。"几个人听飞云将以前的事情一讲，也都咽不下这口气。他们商定在月黑风高的时候，一起行动。

子夜时分，这帮贼人顺着院墙，悄悄地来到周府的正房上，看到石铸等一帮众好汉都在熟睡，但房门都关着。他们让飞云先下去将房门撬开，然后他们几个提刀将石铸的人头砍掉。飞云听见下面鼾声如雷，便以为他们都已经熟睡了，便操起家伙撬起门来。正好，这时纪迎春因为前晚贪杯，多喝了几碗酒，正蹲在地上，拿着便壶撒尿。忽然听见外面撬门，他故意一声不吭，他想知道究竟是哪路蟊贼，敢这么大胆。等到帘子一掀开，原来是飞云。真是不是冤家不聚头，便顺手操起夜壶砸了过去。那飞云原以为大家都睡着了，被吓得一愣，没躲得过纪迎春扔来的夜壶，被泼得浑身是尿。随后，看见纪迎春拿起兵器就要追来，便撒腿就跑。这时，石铸等众英雄也惊醒过来,各自拿起兵器紧追不舍。原本趴在房顶上的清风恶道及焦家二鬼,一看大事不好,也和飞云一同向着吴家堡奔去。

众位英雄出了周家集,一直追了十几里地,看见眼前黑乎乎的有一片庄院,再找那几个贼人时已经看不见了。大家一想,这些贼人一定是跑到这个庄院里了。为了安全起见,石铸大哥主动担负起了侦查敌情的任务。石铸大哥蹿房越脊地往前走,忽然看见前面一个灯火通明的大院子,正中坐着一个人,黄脸,细眉毛,圆眼睛,一脑袋的秃疮。各位看官猜得不错,这个满头秃疮的人,正是我们前面提到的癞头鼋吴元豹。这时清风恶道、飞云及焦氏二鬼正在他的身边坐着。几个人正在交头接耳地小声谈论着什么,飞云说:"今天真是倒霉,我同道兄及焦氏兄弟去杀那几个狗官,等到他们睡着了,我们撬门进去,那纪迎春正在撒尿,打了我一尿壶,其他人也都惊醒了。我们急忙往回跑,还怕他们追过来。他们有两个的兵器是杆棒,一个叫石铸,一个叫胜官保,真是厉害,连我清风哥的滚珠宝刀都不行。多亏大哥您收留我们,不然恐怕连小命都没了。"吴元豹一听,哈哈大笑说:"你们不要害怕,只要他敢过来,我自有办法收拾他们。"说完,将他们几人的脑袋凑在中间一阵耳语,大概又是在商量什么害人的诡计。石铸为了听得更加真切,就使了一个倒挂金钩,将身子紧贴在院墙上。谁知,一不小心,揣在怀里的元宝"当啷"一声,掉落在地上。这一声响动,惊动了正在院子里说话的几个恶贼。"是谁?"癞头鼋吴元豹一声大喝。你别看他长了满头的烂疮,但耳朵确是相当灵敏,一只元宝掉在地上的声音自然不会逃脱他的耳朵。这下可惹出了大祸。欲知后事如何,且看下回分解。

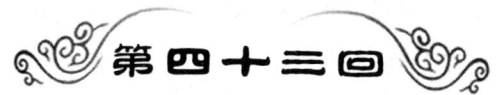

第四十三回
癞秃头双锤藏诈
胜官保盗药未成

这几个贼人顺着响声望去，看见原来是石铸在那里偷听。吴元豹不禁暗自冷笑道："原来所谓的豪侠之人，也干这种为正人君子不齿的蝇营狗苟的事情。"石铸一听，厉声呵斥说："你们这帮狗贼，干尽了丧尽天良的事情，不以为耻，反以为荣。今天我就要让你们知道什么是王法，我要替天行道，灭了你们这帮狗贼。有种的话，来跟你石大爷比试比试。"

听到这里，飞云正要上前，被吴元豹一把拉开："贤弟闪开，待我为你报仇。"他蹿出座位，一摆手中的八棱银锤，冷笑道："如果我没猜错的话，想必你就是那位江湖人称碧眼金蟾的石铸吧。""正是。"石铸面不改色地答道，"你又是何人？""在下绰号癞头鼋，吴元豹。"吴元豹也不屑一顾地回答。说罢，一摆那对银锤，锤头碰锤头，只听见"喀嚓"一声响，从锤内冒出一股黄色的烟雾。这种烟雾有一股说不出的异香，石铸闻着这股异香，只觉得天旋地转，头晕目眩，心里慌乱，觉得两眼一黑，什么也看不见了，就一头栽倒在地上。吴元豹便吩咐手下把他用绳子捆绑起来。正在这时，又有一名英雄跳将下来，此人正是石铸大哥的徒弟纪迎春。

179

原来，那些等在外面的众英雄一看已经两炷香的时间过去了，还不见石大哥的身影，觉得情况不妙，就一起去看看，当到达时正赶上石铸被怪锤熏倒。纪迎春也不把它太当回事，紧接着就跳了下去。没想到，这吴元豹把双锤一碰，又是一股黄烟，只见纪迎春闻着这股黄烟直透鼻孔，便也头晕眼花，一个跟跄栽倒在地上了。

这一切都被躲在房上的胜官保看得真切，他心想既然两位英雄都被熏倒，那这对铜锤一定自有奥秘，切不可再轻举妄动了。胜官保仔细回顾了刚才的情形，心中暗想："那个贼人闻了黄烟并无反应，看来此锤一定会有解药。我何不先去后面寻到解药，再去解救众人。"他把想法和大家一说，虽然怕有危险，但也想不出更好的办法来，只好叮嘱他多加小心。胜官保告别大伙，向这座庄院的后面走去，这后面有一百多间房子，都是装饰精美，非常齐整，还有一座花园。胜官保正在疑惑如何才能找到这贼人所住的正房时，忽然看见下面走来两个打更的，胜官保心想这二人也许会知道这个贼人的解药放在何处。想到这里，他便从屋脊上跳了下来，用紫檀棍把前面一个摔倒在地上，同时把后面一个也捉住了。等这两个人把胜官保看仔细了，发现他原来是个小孩子，虽然不是太害怕，但也不敢过于声张。胜官保问道："我问你们，前面那个秃子，他使的锤是什么东西？"刚开始，这两个人并不回答，一来没把胜官保放在眼里，二来怕老爷知道了不好交代。这时，胜官保看两人并不回答，也没说话，只是两只手一发力，便疼得二人直喊"饶命"。这时两人才知道胜官保的厉害，主动说："大爷，我说实话，你问的那个满头癞疮的秃子，是我们的二庄主，叫吴元豹。他使的那对铜锤叫作瘟癀锤，是他的师父传给他的。他师父名叫瘟癀道人，那对锤相碰就会冒出黄烟，人闻见就会晕倒，必须先闻一闻解药才行。""那解药在哪？"胜官保急切地问。"从这里往西拐，就是北院，有一间四合房，这解药由我们二庄主的老婆收着。"胜官保觉得这两人已经没有太大的价值，便把他们的嘴堵上，放在一个没人的地方。

胜官保按照那两人所说，转身往西而去，看到一个大院，院中种着许多花木，房间也非常多。这里应该就是那两人说的藏解药的地方。他仔细观察了一下，看见那正房里灯光闪闪，并有人影摇动。胜官保使了个珍珠倒卷帘，夜叉探海式，用舌尖轻轻将窗户纸舔破，往房里一瞧，屋里有两个人正在聊天，其中一个穿得珠光宝气，想必应该是那个秃子的老婆，另一个的衣着则比较素朴，应该是一个丫鬟。只听那个妇人说："冬梅啊，你去把老爷的药给过一下箩吧，没准他还要用呢。"那个丫鬟说："好的，夫人。"便拿着钥匙到里屋打开一个箱子，拿出一个小包，里面还有一个洋瓷盆，瓷盆里放着约略有半盆的药。丫鬟把药面用小箩仔细地过了一下细面，装在两个精致的小瓷瓶里。然后又去服侍那个贵妇人了。

这一切都被躲在外面的胜官保看得一清二楚，他想用一个调虎离山之计，将这两个人从屋里调出来，然后再把药偷走。但一时半会却没有合适的机会。这时，一阵风吹过，挂在屋檐上的几个灯笼碰在胜官保的脑袋上，他眉头一皱，便

　　有了一个主意。他把屋檐下的几个灯笼放在一起,从锦囊中掏出一把硫磺洒在上面,用引火的东西一点,它们就熊熊地烧了起来。胜官保蹿上房檐,等人出来,好趁没人的时候偷药。不一会儿,就听那个丫鬟大叫道:"二奶奶,不好了,外面着火了。"那个妇人忙带着两个丫鬟出来查看,原来是挂在院子里的灯笼着了,一阵大惊小怪。

　　胜官保看见那个妇人出来,便使了一个千斤坠下来,一转身进了屋子,掀开里屋的门帘,见两个药瓶已经不见了,后窗户还在忽忽悠悠地动着。胜官保蹬上桌子,蹿出后窗一看,并没看见什么人影,不禁心里纳闷儿。心想:"我好不容易才找到这个放解药的地方,要救出那些人来。这一路也没发现有人跟踪,自己的手脚也算很快了,没承想有人比我还快,我还有什么面目见他们,不如和那个贼人拼了。"那究竟是谁盗走了那两瓶解药呢?欲知后事如何,且看下回分解。

吴元豹一碰双锤,将石铸熏倒在地上

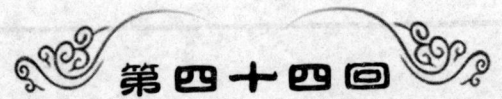

第四十四回
马玉龙智救出险境
彭大人迎接众英雄

上回说道小神童胜官保前去偷盗解药，没有偷成，便要到前面去跟那些贼人拼命。那个癞头鼋也早听飞云说了，和石铸在一起的有一个年纪轻轻的少年英雄，便也十分想会他一会，可一时又不知他究竟在何处，便想出了一个毒辣的伎俩。他命人将捉到的石铸及其他好汉绑在一起，鸣锣开道，押到院子里较为空阔的地方，命刽子手行刑。就在刽子手举起鬼头刀之际，"嗖"的一声，一个石片打中手腕，刀也掉落在地上。原来，胜官保一直在屋脊上想着如何解救石铸大哥，在这危急时刻，他不得不出手了。这正中了那癞头鼋的奸计。

癞头鼋与胜官保战了几个回合，见不使绝招很难取胜，便跳出圈外，将双锤一碰，一股黄烟散出，胜官保一闻也栽倒在地上。他大手一挥，将这几人一起绑了起来，正准备以后再发落。可站在旁边的飞云恶僧说道："你我今日捉到这二人甚为不容易，还不如把他们现在就杀了，以免夜长梦多。"这癞头鼋本来就没什么头脑，一听也有几分道理，便说："好，贤弟，大哥今日就听你的。"忙吩咐手下人趁几人未醒之际快些动手,也好让他们少些痛苦。

正在此时,只听得房上一阵喊嚷,说:"贼寇不要逞强。"伴随着声音,一人犹如一阵旋风过来,手起剑落,把那刽子手劈为两半。把那癞头鼋吓得一愣!仔细一看此人,头上戴着遮耳护顶麒麟盔,身上穿着麒麟宝铠甲,手中拿着湛卢宝剑,面庞白俊,两眼明亮,高鼻梁,嘴唇红润。

来者并非别人,乃是忠义侠马玉龙。现在已是彭公手下的一员干将,因为剿匪得力,被彭公委以重任,在原职的基础上再升一级,并赏赐六品军功。但马玉龙还惦记着自己以前的兄弟,想劝说他们一同来投靠彭公。他将自己的想法向彭公说明,得到彭公允许后,便告辞上路。彭公叮嘱他如果碰见其他壮士,向他们转述自己的思念之情。

马玉龙这天也来到周家集,正在吃饭,听说擂台下面打起来了,出来一看,原来是石铸等众兄弟。待他结完账再一看,石铸等人已不见了踪影。一打听原来是到了周家庄,他便也追了过去。正好又赶上石铸等去追刺客,马玉龙也来到了吴家堡。他看到众人被那妖人的锤子熏倒,心想这里一定有邪术,便去寻解药。可巧,碰上胜官保用了调虎离山之计,马玉龙手快,就将解药拿走了,跑到前面来。

马玉龙闻了解药,跳到院子里。吴元豹没承想半路杀出个程咬金来,但他仗着手中的双锤,气焰仍然十分嚣张:"兄弟们退下,我过去就能将他拿住,今天他来到这里就是飞蛾扑火,自投罗网。"马玉龙微微冷笑道:"无名小辈休要夸口,我今天就要你知道忠义侠的厉害。"

说着,举起宝剑刺了过去。吴元豹把手中的双锤一碰,一股黄烟冒出,只见马玉龙纹丝不动,吓得他就没了主意,无奈把双锤打去。马玉龙只轻轻用剑一削,便把锤子削落在地上。吴元豹拔腿就跑,飞云、清风及焦氏二鬼一看,也跟在后面落荒逃窜了。

马玉龙紧跟着追去,无奈这个庄院巷道太多,那些贼寇七拐八拐便没了踪影。马玉龙心想石铸等一帮兄弟还在院子里捆着,便按原路返回。他把解药在每个人的鼻子底下放了放,众人清醒过来,看见马玉龙都觉得特别奇怪。马玉龙便把彭公特别思念众位英雄讲与他们听,众位英雄也十分挂念彭公,一听彭公正好被任命为邻省的钦差大臣,便纷纷表示愿意回去继续报答他的知遇之恩。

众人先回到周家集,此时天已大亮,周玉祥也是一宿没睡,看到众位英雄,问道:"昨天晚上让各位受惊了,可曾将那些贼人拿住?""石铸说:"可惜,我们又让那些贼人逃走了,追至吴家堡的时候,遇见了一位朋友,得知彭大人十分想念我们,现在我们就要回去拜见彭大人了。"虽然没有追到贼寇,但看到众位英雄已经平安返回,周玉祥心中已经十分高兴,说:"那我就和各位一起上路吧,反正家中也没有什么重要的事情,交给我孙女打点就行。"石铸说:"老英雄愿意送行,在下替各位兄弟表示谢意了。"大家回房休息了一宿,醒来时周玉祥已经备好了几匹快马,带了许多路上需用的物品。本来大家决定马上启程,可周玉祥已经摆好了送别的酒宴,大家推辞不过,只好从命。在酒宴上,周玉祥频频举杯邀请大家喝酒，这一帮英雄原本都是草莽出身，但是却被周玉祥那流露的真情打动，一仰脖将手中的酒一饮而尽。

大家上路了，众位英雄因思念彭公，快马加鞭，只一日工夫便赶到了府衙，众人见到彭公是分外亲切。石铸也把路上新结识的兄弟给彭公引见。彭公看到众位爱将聚齐，心中十分欢喜，吩咐大摆酒宴，一来为众位英雄接风，二来也好好地叙叙思念之情。

在酒宴上，彭公向各位表态，当今康熙圣上已经知道各位的英雄事迹，在国庆之日，会对各位论功行赏。各位英雄也纷纷向彭公敬酒表示感谢其栽培，并愿意继续为彭公尽力，为朝廷尽忠。这一夜，大家喝得都是酩酊大醉，十分尽兴。可是，就在这样的一个夜晚，彭公府却发生了一件大事，那究竟是什么大事呢？欲知后事如何，且看下回分解。

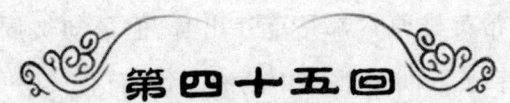

第四十五回
镇江龙夜盗黄马褂
勇石铸施计巧脱险

上回说道彭公府发生了一件大事,那究竟是什么事呢?原来,众英雄回到彭公府后,彭公非常高兴,不仅摆酒宴宴请众位英雄,还将府内的衙役也一同放假。这一夜一向戒备森严的彭公府,可以说是马放南山,刀枪入库。恰恰在这个时刻,有一个贼人潜入了彭府,他不取金银,也没拿彭公收藏的名人字画,但他偷走的却是比这些都重要的东西,那是彭大人的黄马褂和大花翎。

原来各位英雄在酒宴上都喝得是醉醺醺的,酒宴一散,便都回房各自休息去了。第二天一早,大人醒来,看见在正厅的几案上插着一把明晃晃的钢刀,上面还有一张字条。大人拿来仔细一瞧,是一首打油诗,大意就是说你的黄马褂和大花翎已被我盗走。

大人看完,派仆人到里屋查看,果然这两样物品已经不见了,这可如何是好。各位看官可能有所不知,这两件衣物是当今康熙爷赐予钦差大臣的信物,它们同官印一样重要,须妥善保存。如果丢了这两件物品,轻则罢官,重则诛灭九族。彭大人又仔细看了那首诗,有两句话引起了他的注意:

"若问英雄名和姓,绰号人称镇江龙。清水滩内有名姓,圣手龙女马玉花。"

这"清水滩"是何处,那"镇江龙"又是何人?彭公一时想不明白,忙召集众位英雄一起来商议。这时,周玉祥说:"我知道这清水滩是什么地方,这镇江龙又是何人。"而后,周玉祥就将这清水滩与镇江龙的大致情况说了一下。原来,这清水滩当中有一座大山,外面有一座竹城和水寨,都是生长的竹子,西面和北面是山,东面和南面是竹城。两面相距有十六里,不是习水性之人,不能到这竹城下面。就是会水之人也进不去,因为竹城之下有拦江网,两旁装有刀轮。里面为首的寨主姓马,叫水龙神马玉山,手使一对分水铜。他有五个儿子和两个女儿,这镇江龙就是他的大儿子马德。石铸一听,忙说道:"既然老英雄都已经知道,那大概道路也很熟的,不妨带我们前去打打前哨。"并向彭大人申请三天期限破案,得到了彭大人的应允。

二人走到了清水滩附近的一个集镇上,在一个酒馆歇脚的时候,石铸遇见了在此处打鱼为生的两位老朋友,金眼蛤蟆王德泰和他的师傅毛如虎,三人为能在此处相逢感到高兴。一阵寒暄之后,毛如虎和王德泰师徒问起石铸来到这个清水滩的缘由,石铸便把彭大人丢黄马褂和大花翎的事情说与他们二人,他们听完以后,便也想为彭大人出一份力。这二人长年在清水滩打鱼,对此处的情况较为熟悉,便给石铸出了个调虎离山之计。石铸听完点头称好。

这四人先去酒楼吃了晚饭,等到伸手不见五指的时候,让老英雄周玉祥留守以备万一。其余三人这才悄然出发。石铸将水衣包好,三人一直往西来到清水滩河边。石铸一看,这片水一眼望不到边,水上是黑茫茫一片竹城,夜晚上面都掌起灯来。三人将分水鱼皮帽、水师衣靠都穿戴完毕,带了各自的兵器,跳下水去,来到竹城。游近一瞧,此处水深有三十余丈,那些竹子半是天然,半是人工,用铁条串连起来,时间一长,竹子和铁条长在一处,如同铜墙铁壁一样。这竹门也是异常宽大,上面有跳板,巡更人就在上面。晚上有号灯,白天有两杆旗,竹门下有刀轮,随着水流的流动而转动,会水的要由竹门下过去,撞在刀轮上就死,撞在当中的护网上,铃铛一响,就会引起哨兵的警觉。

石铸等三人来到清水滩门前,依计划行事。石铸和毛如虎、王德泰冲着竹门叫嚷:"对面清水滩的小辈听着,我等特意来捉拿你们这些无名小卒。"正好被巡逻到此的镇江龙马德听见,他立即鸣锣聚众,过来捉拿这三个人。

只听寨门之内一阵锣声,出来十几只大船,要来捉他们。而此时,这三个人一看寨门开了,便趁机潜入寨内。前面咱们已经描述了此清水滩如何险恶,而石铸这三人商议的计策正是避其锋芒,等寨门打开之时,悄然潜入。话说此时,马德的船只到了外面一看,连一个人也没有,便觉得上当了。急忙将船头拨回来,把寨门关好。然后站在船头骂石铸等人,不敢亮明真身,与他真刀真枪地过招。

这一下正击中了石铸的软肋,这石铸一生最恼人骂,就由水内露出来。而另外两人也从水里钻了出来。三人就同马德的水军在水面交战起来,但由于寡不敌众,王德泰由于习武时间并不长,被马德手下的一员悍将王宠一枪刺死。毛如虎一看徒弟被杀,心里一着急,乱了阵法,大腿上也受了一枪,正要逃走之时,被马德和王宠活捉。石铸是个水旱皆通的英雄,依仗自己水性好,三五个转身,杀出了包围圈。

马德捆好毛如虎后,派了五百喽啰,掌起灯笼火把,四散巡查,去捉拿石铸。看到水面上到处在捉拿自己,石铸心想:"莫如混出水寨,再作道理。不然天一亮,我也要被他们捉到。况且回到店中,众人一起商议也好再定良计。"想到此处,石铸潜水来到竹门,游近一看,两边刀轮直转,每轮装有六十四把鲇鱼头刀,锋利无比,碰上必死无疑。不过这可难不倒咱们的英雄,他又想出了一个偷梁换柱之计。只见石铸悄悄地潜到一个大船的下面,待船过去之时,从后面一扳船尾,掌舵的感觉船一动,回头一看,说时迟,那时快,石铸一个黄莺掐嗉,就把那人揪下水去。然后在水里将那个兵刺死,把死尸按在网内,只听得网上的铃铛一阵乱响,等巡逻的兵丁把网拉上来,知道中计的时候,石铸早已经悄悄从竹城下面潜回去了。石铸会用什么办法救出毛如虎,并攻破这个竹城呢?欲知后事如何,且看下回分解。

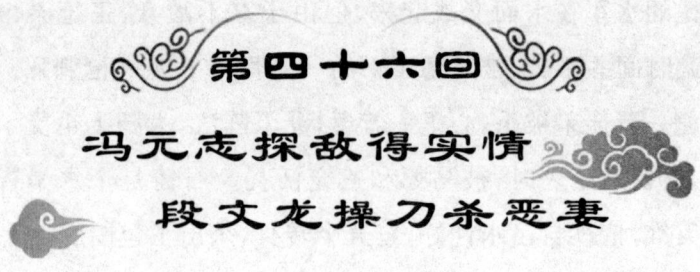

第四十六回
冯元志探敌得实情
段文龙操刀杀恶妻

　　上回说道石铸三人夜闯竹城，除石铸一人生还外，一人遇难，一人被擒。石铸回来后说与周玉祥听，周玉祥沉思片刻后，说："这个清水滩强攻恐难奏效，不如智取，我正好有个侄子叫冯元志，他跟镇江龙马德是拜把子的兄弟。咱们不如把他请出来，让他游说一下，或许可以起到一举两得的功效。"石铸点头同意。

　　他们来到冯元志住的冯家庄，将此行的目的说明，这个冯元志也是一个通情达理之人，一看叔叔出面，立即答应帮忙。正好家中有些上好的茶叶，明天可以作为见面礼送给义弟马德。第二天，冯元志来到清水滩谒见马德，马德一看是好久未见的义兄，自然十分热情地招待。酒过三巡，菜过五味，冯元志话里有话地问道："那彭大人丢失黄马褂及大花翎，满城传言落在清水滩，但不知是真是假？"这马德本是一个爽直之人，一看话已问到此处，便也不便隐瞒，将事情的原委和盘托出。原来，自从上次在吴家堡将那帮贼人打败以后，这飞云、清风及焦氏二鬼便逃到这清水滩，向老寨主大倒苦水。老寨主一听顿感愤愤不平，便命马德去把彭大人杀了。但马德到彭府以后,看见彭大人是一个清官,便不再忍心杀他,只将他的黄马褂及大花翎盗走,并在桌上留了一张字条。话已至此,冯元志已经明白盗彭大人的黄马褂及大花翎,原来是老寨主受了贼人的蛊惑所干的。

这时,冯元志便以天色太晚,不便久留为借口,告辞回家。冯元志回到众英雄的住处,将打探到的情况同大家一讲。大家听后都是恨得咬牙切齿,原来又是这飞云淫贼和清风恶道一帮人搞的鬼。大家发誓这次一定不能让这几个贼寇逍遥法外。

正在此时,只见正东尘沙滚滚,土雨翻飞。原来已经有人将探明的情况禀报彭大人,彭大人十分震怒,立即派徐胜、刘芳等人率领军队攻打清水滩,不许贼匪一人漏网。他们二人得令以后,疾驰赶到清水滩,立即安营扎寨。石铸一听彭大人派来人马剿匪,心中十分焦急。他理解彭大人是怕他们在同贼匪打斗中有个闪失,故派人前来增援。但这清水滩的竹城全在水面之上,而徐胜的手下全不习水性,他们如果贸然进攻的话,不仅白白耗费国家的资财,还会让众多兄弟丧命。想到此处,石铸急匆匆地闯进中军帐,向徐胜讲明了这一情况。徐胜一听有理,但他一时也没有更好的主意,只得征求大家的意见。正在这时,石铸想起了一个人,这个人就是忠义侠马玉龙。原来这马玉龙自从上次回去劝说自己的兄弟后,一去已有几日。石铸知道他在投奔彭大人之前,手下有众多水兵及战船。徐胜说:"那就烦劳石大爷,前往一趟。"石铸说:"事不宜迟,就此告辞。"

　　石铸走后，徐胜继续向大家征集计策。这次，小火祖赵友义说话了，他建议火烧竹城。这个小火祖所擅长的兵器皆与火有关，什么火鸽子、火蛇、火枪、火箭等等，家中还有十二个箱子，里面装有各种引火的物件。这些东西都可以用来烧这座竹城。徐胜点头称是，但当务之急是攻破这个清水滩，才有可能烧毁竹城。这时，小火祖也想起来他的两位朋友手中有飞虎战船二十只，可以借来一用。徐胜赶忙叫他去把这二人请来。徐胜现在是韩信带兵，多多益善，只要有充足的水军，不怕攻不破它清水滩。

　　徐胜怕赵友义一人前往不太方便，正好胜官保又求胜心切，便让他带上一帮兄弟一同上路。这二位英雄一人住在小孤山，因为擅使一把三股烈焰托天叉，江湖人称飞叉太保赛专诸，本名姓赵叫文升。他还有一个拜把子兄弟，叫段文龙，绰号人称小孟尝飞刀太保。这二十只战船就是这段文龙的，因为他的妻子于氏是马玉山的干女儿，所以作为嫁妆陪送二十条战船。

　　赵友义深深了解此二人的秉性，要想劝说他们投靠彭公，关键在说服大哥赵文升，只要他一点头，段文龙自然无话可说。而这赵文升是个孝子，凡事都听他母亲的，因此，要想让赵文升下山，关键要做通老太太的工作。

　　赵友义到了小孤山同赵文升寒暄了一阵后，便急忙说："咱妈最近身体如何？我想先给她老人家请安。"说完就径直来到老太太的卧室，这赵友义同赵文升是拜把子兄弟，因此，赵母也算是赵友义的母亲。向老太太请过安后，便讲起了在彭大人手下当差的种种好处。这番话正好触痛了老太太的伤心之处，她不愿意赵文升长期在此落草为寇，毕竟不是长久之计。看到义子如此风光，便希望他能提携一下他的兄弟。老太太的此番话，正中赵友义心中所想，说道："妈，您所言极是，孩儿此番前来正是要保举哥哥前去为官，但哥哥不知您是否允许。"

老太太也是深明大义之人，命人将赵文升喊进来，教导以忠孝之义。赵文升一看是母亲的吩咐，便同意与兄弟一起去协助彭公。

他们又来到段文龙家，段文龙一看大哥投靠了彭公，便也愿意带上那二十只战船一同前往。谁知，众人在厅堂中议论的话语，都被在窗外准备送茶的妻子于氏偷听了去。这于氏本是一个目光短浅之人，一听自己的丈夫要将义父送给自己的嫁妆平白无故地送给几个外人使用，心中非常不情愿，便极力阻拦，同时要到清水滩将此事告诉自己的义父。段文龙刚开始好言相劝，可是起不到一丝效果。眼见这妇人就要坏了众位英雄的大事，他一气之下，从兵器架上摘下一把单刀，手起刀落，将于氏杀死。这时只听得外面一阵大乱，段文龙惹出了一场大祸。欲知后事如何，且看下回分解。

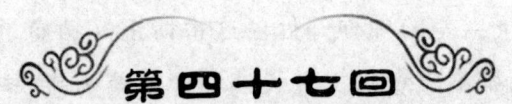

第四十七回
众英雄血战清水滩
马玉龙夜探竹城寨

话说段文龙将他的妻子于氏杀死，只听外面一阵大乱。原来，那二百个水兵已经驾船向清水滩报信去了。段文龙将此事同众英雄一说，大家都预感到事情不妙。现在埋怨段文龙做事鲁莽已经无济于事，当务之急是赶快离开此地。此地距离徐胜的大营尚有一段距离，必须现在动身。段文龙立刻吩咐仆人备船。等一切收拾停当，众人开足马力向着大营驶去。但没过多久，就看见后面有一排大船在紧追不舍，这些船上都挂着清水滩的旗帜。因为众位英雄乘坐的是小船，所以很快就被追上。船头立着一人，正是马德，他大叫道："好你个段文龙，竟敢杀我妹妹，看我今天将你千刀万剐。"说完，等两船靠近时，马德跳到船上同众英雄打杀起来。打了几十个回合，马德一看难以取胜，便又回到自己船上。这时，马德手下的一员偏将于通看到船上的众位好汉武艺高强，一时难以取胜，便想出了一计。马德一听感觉不错，便立即吩咐调集弓箭手，另外让一帮人从水底潜入凿船，把船凿沉后，等他们一落入水中，将他们一网打尽。

这一招果然狠毒，刚开始万箭齐发，赵文升及段文龙等人各拿兵器抵挡箭枝，谁知，此时又有一批人潜到水底，在船底打了几锤。这一招使得各位英雄顾此失彼，只见船里的水越积越多，众位英雄只有为数不多的几位会游泳。正在这千钧一发之际，从东南面来了一只大飞舟，上面的一杆大旗大大地写着一个"马"字。原来是石铸带着马玉龙前来增援了。

那大船飞快地驶到众位英雄的小船前面，众人急忙蹿到大船上，不多久就见那小船忽忽悠悠地沉入水底。那马德一看煮熟的鸭子竟然又要从眼皮底下飞走，自然十分不快。一边吩咐弓箭手继续放箭，一边派人前去搬救兵。谁知，这马玉龙船上的水兵都有藤牌，用它一挡，箭就碰回去了。他又命令水鬼下水去把他们的大船凿沉，石铸早就预料到这一点，他事先安排了一个水性好的士兵在水底潜伏，只要一有人靠近大船，就把他干掉。不一会儿，水面就漂起来不少水鬼的尸体，其他人一看，纷纷逃了回来。

正在马德形势危急之时，只听得水面一阵锣鼓喧天，原来是清水滩的援兵赶到。只见前面一艘龙头船正中的太师椅上稳稳地坐着一位老者，手中握着双铜。想来应该是老寨主马玉山，四周有癞头鼋吴元豹、飞云淫贼、清风恶道及焦氏二鬼等一干贼寇。石铸一看，心想："依这架势看来，今天肯定会有一场恶战了。也好，今天这些贼寇倒也聚得很齐，正好将他们一网打尽，以解我的心头之恨。"

清水滩的大龙舟慢慢地驶过来，站在船上的癞头鼋急于在清水寨寨主面前抢个头功，便在船上大声叫嚷道："你们这帮狗官，可认得你癞头鼋吴二太爷！"众人看他使得一双瘟癀锤,都不敢上前,使得这癞头鼋的气焰更为嚣张,他乐得仰天哈哈大笑。这时,石铸不慌不忙地拿出马玉龙盗得的解药,让徒弟纪迎春放在鼻子下闻了一闻。纪迎春心领神会,一个箭步,跳到癞头鼋面前。癞头鼋一看是个毛头小伙,自然没放在眼里。把锤照纪迎春就打,纪迎春一闪身,把师傅所教的锤法施展开来,嘴里喊着口诀:"捅嘴,扫腿,掏心,贯耳,捅屁股,打麻筋,划拉腰眼,砸屁股蛋!"这几锤下来,将吴元豹打得是晕头转向,他眼看打不过,就想使暗器伤人,这已经被石铸看穿,"嗖"的一镖结果了这狗贼的性命。那独角鬼焦礼想趁机暗算石铸,哪知石铸眼疾手快,又"嗖"的一镖正中焦礼的咽喉。

地理鬼焦智一看自己的兄弟被杀,大嚷着要为兄弟报仇。石铸一看他这身衣裳,头戴分水鱼皮帽,身穿通口兽面鱼鳞甲,很是喜欢,便撇开众人独自迎战。只几个照面,把他踢了个跟头,过去将他捆上,将那身水衣给剥了下来。

这一个徒弟和一个师傅打的两仗相当漂亮,一下把那帮贼寇给镇住了。这马玉山一看,两个死,一个被俘,便暗示手下从水底进行攻击。哪知不一会儿水面就浮起一具具尸体,整个水面也被染红了一大片。这下马玉山有点傻了,自己的套路全被别人摸透了,心想这些人绝非等闲之辈,今天匆忙应战,有些轻敌,还是先回营再细细商量。于是,吩咐手下鸣金收兵。

石铸这边一看敌寇撤退,便也想先休整一下。入夜,经过一天的激战,众人都已经沉沉地睡去。而唯独马玉龙在水边独自徘徊，心想："彭大人待我不薄，我定要破了这竹城，将黄马褂和大花翎盗回，方能报答彭大人的知遇之恩。"想到此处，他便想夜探清水寨的竹城，本来想喊上石铸一同前往，但看到连日来他也是十分疲惫，加之这一去不知里面情况，万一连累别人也不好。想罢，他换好衣服，背上宝剑，独自走出中军帐。马玉龙来到竹门，但见竹色发青，青枝绿叶，直冲苍天。马玉龙操起手中的宝剑就砍了起来，要说这把宝剑可是非同一般，乃是用昆仑山产的纯铁锻造，用天池的水淬火而成，能削铜铁，剁纯钢，对于这些草木的竹子自然更不在话下。不一会儿，就砍出了一个二尺多长，二尺多宽的大窟窿，上面有枝叶罩着，也倒不下来。

他蹿进竹门以后，一直顺着向前走，看到有灯火之光，来到近前，见是九间大厅，东西的配房各十间。忽然听见里面有人说话，为了听得更真切，他跃上屋顶，轻轻地揭开了一片瓦，只见下面坐着清水滩的寨主马玉山和飞云等一帮贼寇，马玉龙可能有所不知，这个地方是清水寨的议事厅。

那这帮贼寇在此谈论什么事呢？马玉龙能否凭一己之力盗回彭公的东西？欲知后事如何，且看下回分解。

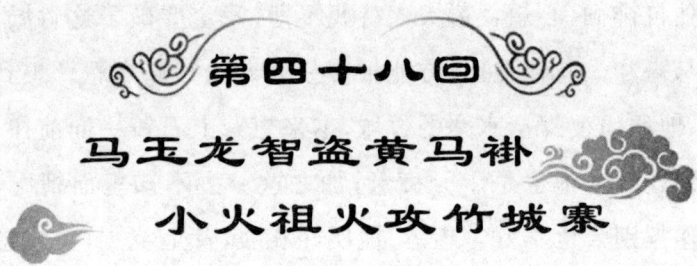

第四十八回
马玉龙智盗黄马褂
小火祖火攻竹城寨

原来,马玉山率领众贼回到大本营后,便在议事厅摆上宴席,一起喝酒来消消今天的怨气。席间,飞云颇有些担心地说道:"大哥,现在这黄马褂和大花翎对咱们是非常重要,只要这些东西在咱们手上,不怕他那个狗官不退兵,并且还要答应咱们的条件。小弟现在担心的是,这个东西可否保存得万无一失呢?要知道那彭公手下可是强人辈出啊,不得不防啊。"

马玉山哈哈一笑说:"贤弟放心,我把这两样东西放在小女那里了,任他们猜破脑筋,也猜不出这两样东西会藏在女人家的闺房里。"

马玉龙听到这里,心中非常高兴。他抓了一个喽啰,问出了小姐的住处,便直奔山上的厢房而去。他躲在窗外,看见屋里有一个小姐和一个丫鬟。马玉龙正在琢磨如何潜入这个房间时,忽然听见那个小姐对丫鬟说:"你把灯笼点上,跟我上茅厕去。"原来,这个小姐喝了两杯茶,觉得肚子疼痛难忍。忠义侠这个人就是命特别的好,这次,又有这样一个千载难逢的机会。他喜出望外,悄声来到房里,先把灯吹灭了。从他的百宝袋中取出十三太保的钥匙,把箱子打开,一晃火镰子,看见一个明晃晃的黄包裹,打开一看,正是彭大人丢失的物品。忽然,听到门外有脚步声,便从后窗蹿了出去。当他按照原路返回驻地时,才四更天。马玉龙也睡不着了,真是人逢喜事精神爽。

等到天已大亮,众英雄全都睡醒之时,马玉龙告诉大家黄马褂与大花翎已经找到时,众英雄不由得佩服起马玉龙的智勇双全。众人一起来到彭府的大厅,将这一喜讯告诉彭公。彭公看到失而复得的衣物,不禁感动得流下泪来。同时,彭公激动地告诉大家,他已将清水滩匪患一事奏明了当今圣上,现在朝廷已派来大队人马,来协助大家剿匪。

众英雄激动万分,纷纷表示要为剿匪拼尽全力。吃完饭,大家披挂整齐,浩浩荡荡地向清水滩进发。话说清水滩这边,在外面侦查情况的探子快马赶来,将大队官军向清水滩进军的情况向寨主禀报。一开始,寨主不太当回事,让人通知小姐把黄马褂和大花翎取来,心想:"只要这两样东西在我们的手上,不怕他不退兵。"过了不一会儿工夫,仆人慌慌张张地跑来告诉寨主,说那些衣物已经不见了。听到这个消息,寨主脸色大变,额头上渗出了汗珠。他询问小姐昨晚可有什么异常情况发生,小姐便把昨天上完茅厕后,回来时却发现屋里的灯已经灭了的事讲给寨主听。马玉山仰天长叹:"莫非天要亡我!"

此时,官军的人马已经到了竹城下面。马玉山现在必须出寨迎战了,他相信凭着自己苦心积虑的多年经营,这清水寨的竹城并不是那么容易就被攻破的。马玉山的自信并非没有道理,官军到了城下,掀起了轮番的攻势,但都没有对竹城构成丝毫的威胁。此时,日已偏西,官军已经是人困马乏,最关键的是那股最初的锐气已经被挫伤。

徐胜望着这座水寨说:"这竹城水寨非常不容易攻破,我带来的这些士兵都不习水战。"马玉龙也说:"这贼人仰仗着这座竹城水寨坚固,他并不畏惧有多少官兵。我们必须先把这座水寨给破了,这样这伙贼人就会自动出来投降。无奈我的宝剑虽然锋利,却拿这座城池没有办法啊。"徐胜也是愁眉不展,只好传令下去:"谁能设法破开竹城,赏黄金千两;如要做官,定当全力向大人举荐。"

正说着话,小火祖赵友义来到徐胜的中军帐,向徐胜表示自己有一个不错的主意。在中军帐中的众位英雄都十分感兴趣,让他快快说来。上文说到,这小火祖有十二个神秘的箱子。这些箱子里面全是些火蛇、火枪、火箭,攻城时就叫三军放火箭,虽然竹子湿,但在上面撒些硫磺还是可以烧着的。他的计策一说出来,得到了大家的一致称赞。然后徐胜吩咐人马立即随小火祖去取这些兵器。

石铸点了五六百人,五只战船,三门响炮,开足马力直奔清水滩竹城而去。石铸吩咐手下的官兵,在船头大声叫嚷:"竹城里的人听着,赶快去通知你们的寨主马玉山,叫他快快出来,若不出来,就攻破这个竹城,让你们鸡犬不留。"把守城门的那些贼匪并不答话,一阵乱箭齐发,下面这些官兵只能用刀剑挡开。

"老虎不发威你们当是病猫啊，让你们知道爷爷们的厉害。"只听后面一阵叫骂。原来是小火祖赵友义带着五百官兵赶到了。他看见石铸攻城，而那些个贼人却仍在顽抗。他便命人打开箱子，让弓箭手站成一排，一声号令，只见一支支火箭"嗖、嗖"地飞向竹城。它们射在人身上，衣服就点燃了；射在脸上，人的头发、胡子就烧起来。然后，火箭手撤下，又一波人站成一列，这些人手中拿着一个个圆球状的物品，点燃引信，抛到竹城上，烧得贼兵焦头烂额，有的变成了一个火人，有的想跳到水中，结果摔死了。上面的守将一看不好，赶紧顺着梯子下来，向后面报信去了。

马德把清水寨的所有人马召集在一起，吩咐打开城门与官兵开仗，并速报老寨主率领那些群贼决一死战。老寨主一看现在必须出门迎战了，便率领众位兄弟杀出寨门。这飞云淫贼和清风恶道两位贼匪看到形势不妙，此时正商议着如何逃跑。这时，马德正在按老寨主的安排找两位一同参加战斗，哪知左找右找都不见踪影，回到二人的房间一看，房门紧锁，顿时感到不好，一脚端开，只见屋里满地狼藉。原来，飞云与清风已经逃跑了。此时，有人匆忙来报，说在岸边有一个和尚模样和道士模样的人非要渡河，并同守在河边的士兵发生了争执。马德一听，勃然大怒："我爹爹待这二人不薄，现在我们清水滩面临劫难，这两个人却只顾自己保命，一点情义廉耻都没有。"他急忙命令手下的士兵马上跟他到河滩去。那飞云、清风两位恶贼的下场如何？且看下回分解。

第四十九回
齐心降灭清水寨
众豪杰回京封侯

　　话说这飞云淫贼和清风恶道一看同这些士兵长久纠缠下去,恐耽误了自己的时机,心中便起了杀机。飞云与清风互相使了个眼色,二人便手起刀落,将士兵杀掉。正在飞云淫贼与清风恶道乘船要走的时候,马德拍马赶到。马德念在这两人都是自己叔叔的情况下,还想劝说二人回头。哪里想到,这两人反而跑得更快了。马德一看,便拿来弓箭缠上火棉,一箭射去,将船帆点燃。而后,又是一箭,将划桨的清风射死。这飞云一看不妙,便跳到水中,想游出去,谁知刚游出不远,只听一声惨叫,飞云的尸体就浮在了水面。原来,飞云由于只顾逃命,却不小心撞到了水底的刀轮。

　　这时,外城已经被官军攻破。马德一看不好,便商议和父亲兵合一处,一起出战。只听清水滩内的连珠炮一响,水龙神马玉山带领整个山寨的喽啰,直扑官兵的人马而来。水龙神马玉山坐镇军中,他让儿子马德先行迎战。这马德刚一出寨门,迎战他的是碧眼金蟾石铸,二人大战不几个回合,马德便被石铸挑落马下。一看到这种情况,马玉山非常着急,提起手中的跨虎双锏,直扑石铸而来。这石铸虽然勇猛但不是马玉山的对手,眼看着就要被打败,马玉龙说:"石大哥你快闪开,让我来对付他。"马玉山一看儿子战败,竹城也被烧了,贼党也死的死,逃的逃,心里一急,便要以死相拼。他打过来,十几个回合,被马玉龙将他的跨虎双铜一剑砍断,然后趁他心中一惊,一个扫堂腿将他踢倒。埋伏在周围的官兵一拥而上,将他捆上。这些寨内寨外的贼兵一看少寨主和大寨主都被擒住,知道大势已去,便集体出城投降。

众位英雄一面清点人数,盘查清楚清水寨的钱物,一面召集附近村民,当众列数马玉山父子等若干人等的罪行,然后就地正法。大家一看到此情此景,都感谢皇恩浩荡,拍手称快。

攻破清水寨以后,这个消息很快传到彭府,彭大人十分高兴,立即命令手下再大摆宴席。众位英雄在一起畅叙情谊、开怀畅饮了三天三夜。同时,彭公还将剿匪获胜这一喜讯,以兵部火票(古时一种传递紧急信息,速度最快的信件)的形式,呈报给当今圣上。康熙看过以后,龙颜大悦。当即传令在皇庆之日,命彭朋率领众位英雄好汉,进京受封领赏。大家接到这个圣旨,都兴奋异常,忙打点行装上路。胜官保则先行一步,因为他要去把姐姐接回来一起上路,还要去周家庄把媳妇周翠香接回胜家堡拜见公婆。他与众位英雄约好在京城的城门外见面后,便策马飞驰而去。

一路无话,来到京城。只见此时的京城,到处张灯结彩,一派祥和。康熙在紫禁城大摆三天的满汉全席,以犒劳众位英雄,并当众宣读封赏,彭公因为查办剿匪功勋卓著,对国家有益,命令他任军机处行走,并赏赐一等男爵。又按照文华殿大学士彭朋事先在奏折中呈报的剿匪出力人员,一一进行不同封赏。不愿意为官的老英雄,各赐侠义金牌一面,彩缎十匹。原有官职的徐胜归军机处记名,遇提督缺升用,赐刚毅巴图鲁勇号。原来没有官职的马玉龙因为战功尤为卓著,忠勇异常,钦赐头品顶戴,建威将军,升宁夏府将军。碧眼金蟾石铸以副将拔补,实受河南参将。胜官保赏给五品顶戴,以守备用。其他若干人等也各有封赏。这正是:皇恩浩荡如春风,忠勇孝义俱封侯。